OS DE BAIXO

Mariano Azuela

OS DE BAIXO
Romance

LetraSelvagem

Copyright © Signatários do Acordo Arquivos ALLCA XX, Université de Paris X – Bat. F 411-412 200, Av. de la République – 92001 Nanterre Cedex (Francia), 2019

Grafia atualizada segundo o Acordo Ortográfico da Língua Portuguesa que entrou em vigor no Brasil em 2009.

Título original: Los de abajo
Diagramação: Cesar Neves Filho
Capa: James Cabral Valdana
Preparação de originais e revisão: N. Sena

Tradução: Beatriz Bajo / Prefácio e revisão da tradução: Ademir Demarchi (Brasil) / Introdução: Carlos Fuentes (México) / Posfácio: Wilson Alves-Bezerra

O logotipo LetraSelvagem foi idealizado a partir de cerâmica Aruak, padrões utilizados nas bordas dos vasos, compilados por Koch-Grunberg em 1910.

Coleção Gente Pobre – Vol.16
Organizador: Nicodemos Sena

Dados Internacionais de Catalogação na Publicação (CIP)
(Letra*Se*lvagem, Taubaté, SP, Brasil)

A997d   Azuela, Mariano, 1873-1952.
Os de baixo / Mariano Azuela; tradução, Beatriz Bajo. – Taubaté, SP: Letra*Se*lvagem, 2019.
216 p./1ª edição – (Os de baixo; v. 16)

ISBN 978-85-61123-26-0
Tradução de: Los de abajo
1. Literatura latina – Romance. I. Bajo, Beatriz, 1980-.
II. Título. III Série   CDD – 870

Catalogação na fonte: Adriana Maria Evaristo Martinez de Oliveira (CRB 8/4322)
Direitos desta edição reservados à Associação Cultural Letra*Se*lvagem:
Rua Cônego de Almeida, 113 - Centro - Taubaté-SP/Brasil - CEP 12.080-260.
Telefones: (55) (12) 3426-6783 / (12) 99203-3836.
letraselvagem@letraselvagem.com.br
www.letraselvagem.com.br
www.livrariaselvagem.com.br

(Mariano Azuela em 1917)

SUMÁRIO

Prefácio: Se por acaso eu morresse em campanha
(por Ademir Demarchi)...7

Introdução: A Ilíada descalça
(por Carlos Fuentes)..17

Os de Baixo:

Primeira Parte...39
Segunda Parte...107
Terceira Parte..155

Posfácio: México – sonhos adiados (por Wilson Alves-Bezerra)...171
Como escrevi *Os de baixo* (por Mariano Azuela).......................179
Mariano Azuela, Vida e Obra..213

Prefácio

SE POR ACASO EU MORRESSE EM CAMPANHA

Por Ademir Demarchi[1]

A REVOLUÇÃO mexicana se deu como mais um dos gravíssimos terremotos geológicos ou sociais que assolam aquele país com regularidade histórica e põem tudo abaixo levando a uma reconstrução dolorosa de sistemático enterro de mortos. Não à toa a primeira edição de *Os de baixo* na França, em 1930, recebeu o sugestivo título de *O furacão*. Esse cenário de destruição é sugerido pelo personagem Valderrama, um poeta romântico: "No primeiro período da primeira bebedeira do dia, veio contando as cruzes disseminadas por caminhos e veredas, nos escarpados das rochas, nos atalhos dos regatos, nas margens do rio. Cruzes de madeira negra recém-envernizada, cruzes forjadas com duas lenhas, cruzes de pedras amontoadas, cruzes pintadas com cal nas paredes destruídas, humildíssimas cruzes traçadas com carvão sobre o canto das penhas. O rastro de sangue dos primeiros revolucionários de 1910, assassinados pelo governo".

Esse romance ocupa especial lugar na literatura mexicana, pois é considerado o primeiro a tematizar a Revolução, praticamente escrito no calor dos acontecimentos por um participante das lutas nessa guerra que abalou o México de 1910 a 1920. Seu autor é Mariano Azuela que, como médico, atendeu os feridos nas batalhas, ouviu histórias, e se motivou a buscar

---

[1] Ademir Demarchi é doutor em Literatura Brasileira pela Universidade de São Paulo (USP). Nasceu em Maringá (PR) em 1960 e reside em Santos (SP). Editor da revista de poesia "Babel". Livros de sua lavra: *Os mortos na sala de jantar* (poesia, 2007) e *Espantalhos* (ensaios sobre literatura, 2018), entre outros.

uma síntese do que viu, ouviu e participou e passou a publicar o que seria o romance em folhetins num jornal.

Publicado em 1915, trata-se de romance notável por seu ponto de vista crítico, que não cai no malogro de idealizar a Revolução como uma salvação e seus líderes como heróis modelares. Azuela, em vez disso, se detém nos subalternos, tanto militarmente quanto socialmente, como os que estão oprimidos por outros, ou seja, nos *de baixo*, nos tipos comuns, no povo em nome do qual pretensamente se fez aquela Revolução. Têm destaque nessas descrições os guerrilheiros e seus comportamentos desregrados e de entendimento difuso quanto ao seu real papel de, idealmente estarem lutando contra a opressão, estarem, também, paradoxalmente, se comportando como novos e sanguinolentos opressores a serviço de uma ordenação patrimonial que muda os atores para tudo continuar o mesmo.

Azuela foi um dos que, inconformados com a política, foi às armas para se somar aos que lutavam contra o golpista Huerta e para restituir o Estado de Direito. Lutando a favor do governante anterior, Madero, com a derrota do líder revolucionário Pancho Villa devido às injunções da guerra pelo poder, constatou que faria melhor em exilar-se e escrever sobre o que estava vendo do que se manter sujeito aos golpes e contragolpes da guerra em curso. Assim, sua participação como médico militar nas campanhas acabou levando-o ao exílio no Texas e tornando-o escritor que se notabilizou por escrever representações que se pode dizer descritivas das estruturas políticas, sociais e econômicas mexicanas, desvendando-as nos personagens e seus comportamentos nesse cenário nacional.

Da experiência militar na Revolução resultou a escrita de *Os de baixo* que, em sua composição narrativa através de fragmentos, expressa a própria guerra pelo poder no México: Azuela descreve a luta de guerrilhas sem propósito nem fruto imediato, saques sobre saques, opressão sobre oprimidos, demonstrando a vagueza dos guerrilheiros quanto ao que seria o "povo" pelo qual se lutava. Esse povo, quando aparece descrito em algum personagem, é também o ponto fulcral do Estado grotesco marcado pelo colonialismo, patrimonialismo, pobreza, ignorância... Sem heróis, portanto, para enaltecer, o romance, como em pinceladas, expõe para o leitor a vida rude no campo e nas pequenas cidades, com pessoas lá fixadas em suas tarefas de sobrevivência, porém marcadas pelos tiroteios e saques sofridos feitos por ataques das diferentes facções em guerra.

Muitas vezes os personagens descritos por Azuela são caricaturados ou enfeados e o uso da expressão "pinceladas", há pouco, não é gratuito: a descrição de Azuela em muito se assemelha ao que se reforçaria como temas estéticos mexicanos, enaltecidos nas obras dos muralistas José Clemente Orozco e Diego Rivera. Camila, uma jovem índia que ocupa papel de destaque no romance, tem ao mesmo tempo pés chatos e dentes de marfim, sendo descrita pelo narrador como um mico de saias, uma mulher deformada como as figuras de Rivera.

A exemplo de Camila, as mulheres ocupam também papel de destaque no romance: há bruxas que benzem e dão medicamento, donas de bordéis, prostitutas e guerrilheiras e pelo menos três que se destacam pela presença constante na narrativa: Remigia, mulher do revolucionário Demetrio, pouco aparece, mas é o exemplo modelar da mulher, exaltada no romance porque fica na pequena propriedade abandonada pelo marido que vai lutar na guerra: ela é hermética, resignada, valente, cuida dos filhos, da plantação e dos poucos animais que garantem sua sobrevivência nesse México agrário em que se passa o romance esperando-o voltar de sua missão tida como gloriosa para reassumir a família e o trabalho — o que é impraticável, segundo a narrativa, dado que ele, ganhando postos no exército, já foi transformado em outro, inadaptável àquela vida, o que tipifica o fato de que, naquele contexto, as mulheres é que acabam assumindo as famílias como provedoras; Camila, a índia de pés chatos e dentes de marfim e descrita como um "mico de saias", é romântica e atoleimada, controlada pela mãe em seus arroubos até que ela foge para se juntar aos revolucionários, primeiramente apaixonada pelo jovem Luis Cervantes e, rejeitada com indiferença, entregue ao líder daquele agrupamento revolucionário, Demétrio, por estímulo da revolucionária Pintada. A ingênua Camila faz um perfeito contraste com essa guerrilheira, numa relação conflituosa que tem um desenlace sangrento. Pintada, independente, arrojada e orgulhosa como os guerreiros astecas, simboliza a numerosa participação de mulheres nas guerrilhas da Revolução — sua presença foi muito registrada em fotografias que alimentavam os jornais, com elas aparecendo empunhando fuzis, com duas correias de balas cruzando o busto e montando cavalos e pode-se dizer que foram tematizadas como a fantasiosa mulher ideal dos revolucionários na canção "Adelita", analisada a seguir.

Se as mulheres têm vida difícil nesse meio rude, precisando impor-se armadas até os dentes para demonstrarem intrepidez e serem respeitadas, a situação não é muito diferente com quem vem de outro meio. É o que ocorre com o personagem Luis Cervantes, uma espécie de "alter ego" de Azuela, jovem e jornalista como ele. Tendo feito contato com o grupo liderado por Demétrio, a Luis Cervantes é aplicado pelos guerrilheiros o apelido "curro", aqui traduzido por "guapo". A palavra é usada em tom discriminatório e algo pejorativo, dado o refinamento do personagem e a rudeza dos que o nominam, e aparece mais de 60 vezes no romance de Azuela. Luis Cervantes é introduzido no relato como sendo "um mocinho coberto de pó, desde o feltro americano até as toscas galochas. Levava uma mancha de sangue fresco em sua calça, perto de um pé". E assim ele se apresenta: "Me chamo Luis Cervantes, sou estudante de medicina e jornalista. Por dizer algo em favor dos revolucionários, me perseguiram, me pegaram e fui dar em um quartel..." No contato com os revolucionários ele logo constata a diferença dele com os outros e questiona: "Mas que espécie de brutos são vocês?"

A palavra "curro", assim, inicialmente pejorativa por quem a usa, demarca essa diferença de classes presente na narrativa. Segundo a edição crítica preparada por Jorge Ruffinelli para a *Colección Archivos*, a palavra, em seu sentido mais antigo, refere-se a um "originário da Andaluzia e, por extensão, senhorito, pessoa elegante"; já o *Diccionario da La Lengua Española*, editado pela Real Academia Española, informa que o termo se refere, nos séculos XVIII e XIX, a pessoa das classes populares de Madri que, em seu porte, ações e vestimentas, afetava liberdade e guapeza. "Guapo", a palavra escolhida para a tradução por ser a mais apropriada, por sua vez, conforme o *Grande Dicionário Houaiss*, refere-se àquele que denota ousadia, coragem, é ousado, valente, mas também, numa referência datada inicialmente de 1665, aquele que é dotado de elegância e beleza física; bonito, airoso, elegante. Usado como vocativo, segundo o *Diccionario da La Lengua Española*, apresenta-se esvaziado de significado, uma vez que se sobrepõe ao sentido a expressão de carinho. A palavra, sob esse aspecto, vai ganhando essa característica na relação de Luis Cervantes com Camila que, sempre marcando sua rudeza em relação ao refinamento de Luis, passa a tratá-lo de forma carinhosa, como se "curro" fosse um diminutivo afetuoso. O uso, no entanto, pelos guerrilheiros, num ambiente fortemente masculino e machista, às vezes ganha firme conotação irônica por parte deles, que a usam insinuantemente com o sentido de efeminado que também sugere a palavra. Luis Cervantes, portanto, sendo apenas um jovenzinho, um estudante com algum refinamento e sem o embrutecimento que lhes é habitual, tem características suficientes para causar estranheza naqueles homens rudes do campo.

A rudeza e ignorância dos personagens revolucionários é ressaltada por Azuela também em um episódio em que, como habitualmente fazem entrando com cavalos e tudo em bares e restaurantes, invadem uma casa senhorial, uma mansão para seus padrões, saqueiam e destroem tudo. Nela, encontram um luxuoso exemplar de *A Divina Comédia*, resultando em comentários como "Veja você... quanta velha pelada!", arrancando as gravuras e destruindo o livro.

Chama a atenção também o expressionismo de Azuela, que não fica restrito apenas aos personagens, mas se transpõe para a natureza: os cactos são descritos como dedos anquilosados de uma estátua colossal, as rochas são enormidades eriçadas como ouriços e assemelhadas a fantásticas cabeças africanas; as tropas são descritas ao longe como formações escultóricas imóveis na paisagem... Essa natureza, por grotesca que seja, parece ser mais estável que a vida das pessoas que a habitam, sujeitas à exploração e à violência enquanto a paisagem impassível é ocupada por cigarras que cantam indiferentes, com pombas que arrulham se acasalando, com vacas que mascam alheias ao que acontece com os humanos à sua volta...

Nesse cenário algo surreal, deambulam os guerrilheiros em meio a futricas amorosas, a saques, a combates e a demonstrações de violência gratuita, como as que o guerrilheiro loiro Margarito faz regularmente obrigando outros homens a dançar à sua frente para escapar das balas que ele dispara nos seus pés por diversão e crueldade.

A descrição de Azuela, por ressaltar a pateticidade da vida desses personagens que lutam por um ideal vago, ganha tom trágico na medida em que pode ser associado com a história mexicana marcada pela ancestralidade dos rituais de morte que vem desde os astecas. Ele se torna presente no destino dos que se jogam na guerrilha como se suas vidas fossem oferecidas em um rito sacrificial para o Deus da Pátria. Esses homens rudes e ignorantes saem de suas misérias absolutas ou de suas pequenas propriedades rurais para encontrar a morte, simulada por Azuela como uma forma sacrificial em que vão cantando o hino *La Adelita* — um arrastar no delírio de que algo vá mudar.

Outro aspecto cultural do México ressaltado por Azuela é a música. Não se esqueça o leitor que, ao ler o romance, estará em pleno meio rural, onde predominam as músicas de bandas locais em batida militaresca e as músicas rancheiras, algumas recitadas. Entre essas está "Adelita", que a personagem Camila insiste em aprender a cantar com Luis Cervantes dizendo que "Quero que me repasse 'A Adelita'... para... Sabe para quê? Pois para cantá-la muito, muito, quando vocês forem, quando você não estiver mais aqui..., quando estiver tão longe, longe... que nem mais se lembre de mim..." Essa música foi popularizada durante a Revolução, cantada pelos guerrilheiros e militares e idealiza uma das tantas mulheres que pegaram em armas acompanhando os grupos e exércitos, sobressaindo-se ela, tal como a guerrilheira Pintada, independente e corajosa e objeto de culto amoroso por um sargento choroso que prometia persegui-la por terra e por mar se fosse embora com outro... Uma boa interpretação dessa canção, por Amparo Ochoa, pode ser encontrada no link: "La Adelita" (https://www.youtube.com/watch?v=hlGtOv-QEQQ).

Traduzo, a seguir, a letra dessa canção, para que o leitor, entrando no livro, entre no espírito de campanha:

ADELITA

No alto de uma embrutecida serrania
acampado se encontrava um regimento
e uma moça que valente o seguia
loucamente enamorada do sargento

popular entre a tropa ela era Adelita
a mulher que o sargento idolatrava
que além de ser valente era bonita
e até mesmo o coronel a respeitava

e se ouvia...
o que dizia...
aquele que tanto a queria...

que se Adelita se fosse com outro
ele a seguiria por terra e por mar
se por mar em navio de guerra
se por terra em um trem militar

uma noite em que a escolta regressava
conduzindo entre suspiros o sargento
e a voz de uma mulher que soluçava
sua súplica se escutou no acampamento

ao ouvi-la o sargento todo tenso
de perder para sempre sua adorada
ocultando sua emoção sob um lenço
para sua amada cantou desta maneira...

e se ouvia...
o que dizia...
aquele que tanto a queria...

que se Adelita quisesse ser minha noiva
que se Adelita fosse minha mulher
lhe compraria um vestido de seda novo
para levá-la a bailar no quartel

e depois que terminou a cruel batalha
e a tropa regressou ao seu acampamento
pelas baixas que causara a metralha
foi condenado a regressar ao regimento

e que dando aquele sargento seus quereres
os soldados que voltavam da guerra
oferecendo seus amores às mulheres
entoavam este hino da guerra

Adelita...

e se por acaso eu morresse em campanha
e meu cadáver fossem sepultar
Adelita por Deus te rogo
que com teus olhos
se vá por mim
a chorar

Introdução

A ILÍADA DESCALÇA[2]

Por Carlos Fuentes[3]

I

— REALMENTE quer ir com a gente, guapo?... Você possui outro caráter e, de verdade, não entendo como pode gostar desta vida. Você acredita que alguém anda aqui porque gosta?... Certo, pra que negá-lo?, a alguém agrada a agitação; porém não é só isso... Sente-se, guapo, sente-se, para eu lhe contar. Sabe por que me levantei?... Olha, antes da revolução tinha eu até minha terra revirada para semear e se não fosse pelo choque com dom Mónico, o cacique de Moyahua, a estas horas andaria eu com muita pressa, preparando os pares para as semeaduras... Pancracio, desce duas garrafas de cerveja, uma para mim e outra para o guapo... Pelo sinal da Santa Cruz... Bom. Que aconteceu com dom Mónico? Presunçoso! Muitíssimo menos que com os outros. Nem sequer viu escorrer o sangue!... Uma cuspida nas barbas por ter se intrometido, e parei de contar... Pois isso contribuiu para que a federação viesse em cima de mim. Você há de saber desse embuste do México, de onde mataram o senhor Madero e um outro, um tal Félix ou Felipe Díaz, que sei eu!... Bom: pois o dito dom Mónico foi em pessoa a Zacatecas para trazer escolta com a finalidade de que me agarrassem. Dizia que eu era maderista e que ia me levantar. Porém, como não me faltam amigos, houve quem

---

[2] Texto publicado como "liminar" na Edición Crítica de *Los de abajo*, em espanhol, organizada por Jorge Ruffinelli (1997).

[3] Narrador e ensaísta mexicano (1928-2012), um dos mais importantes escritores da história da literatura de seu país, figura chave da chamada *explosão* do romance americano dos anos 60; autor, entre outros, de *A morte de Artemio Cruz*, *Aura* e *Terra nostra*.

me avisasse em tempo, e quando os federais vieram a Limão, eu já havia me arrancado. Depois veio meu compadre Anastasio, que forjou uma morte, e logo Pancracio, Codorniz e muitos amigos e conhecidos. Depois foram se juntando outros mais e já vê: fazemos a luta como podemos.

— Meu chefe — disse Luis Cervantes depois de alguns minutos de silêncio e meditação.

II

Neste discurso do célebre livro de Mariano Azuela, *Os de baixo*, no qual Demetrio Macías expõe seus motivos para fazer o que melhor lhe conviesse, está cifrada tanto a natureza épica do relato, como a impossibilidade de renunciar a um arranhão romanesco que torna impossível essa mesma épica, despe-a e degrada-a.

Além disso: basta essa passagem de Azuela para situar uma realidade econômica, social e política que é pano de fundo, horizonte e lugar comum de alguns conhecidos romances hispano-americanos: *Cem anos de solidão*, *A casa verde*, *A morte de Artemio Cruz*, *Eu o Supremo*, *O outono do patriarca*, *O recurso do método*: todas elas, *sub specie temporalis*, romances da colonização e do patrimonialismo latino-americanos.

Talvez valha a pena, hoje, estudar um pouco mais sobre essa realidade colonialista e patrimonial. *Os de baixo* oferece a melhor oportunidade para fazê-lo dada sua natureza anfíbia, épica adulterada pelo romance, romance adulterado pela crônica, texto ambíguo e inquietante que nada nas águas de muitos gêneros e propõe uma leitura hispano-americana das suas possibilidades e impossibilidades. Em Gallegos, e em Rulfo, germina um mito a partir da delimitação da realidade narrativa: a natureza o precede em Gallegos; a morte, em Rulfo. O mito que pode nascer de Azuela é mais inquietante porque surge do fracasso de uma épica.

Não é essa a sucessão normal, ao menos no Ocidente, das genealogias formais da literatura. No mundo mediterrâneo o mito precede tudo, a épica o transcende e o prolonga também na ação do herói. Porém, ao demonstrar a falibilidade heroica, a epopeia se revela como transição, ponte até a tragédia. A dor infinita do herói vencido, diz Nietzsche, exerce uma influência benéfica sobre sua sociedade: o herói épico, convertido em homem trágico, cria com suas ações "um círculo de consequências superiores capazes de fundar um novo mundo sobre as ruínas do velho".

Mundo novo, velho mundo: em que medida a impossibilidade de cumprir essa trajetória em plenitude — do mito à épica e da épica à tragédia — é inerente às frustrações de nossa história, em que medida apenas um pálido reflexo da decisão moderna, judaico-cristã primeiro, mas burocrático-industrial em seguida, de exilar a tragédia, inaceitável para uma visão da perfectibilidade constante e a felicidade final do ser humano e suas instituições?

Stanley e Bárbara Stein, os historiadores da colônia latino-americana na Universidade de Princeton, distinguem várias constantes dessa herança:

— a fazenda, a plantação e as estruturas sociais vinculadas ao latifúndio;
— os enclaves mineradores;
— a síndrome exportadora;
— o elitismo, o nepotismo e o clientelismo.

Haveria de adicionar a isso outro nível de persistência: o patrimonialismo que Max Weber estuda em *Economia e sociedade* por trás dos rótulos de "As formas de dominação tradicional" e que constitui, na verdade, a tradição de governo e exercício do poder mais prolongado da América espanhola e portuguesa, segundo a interpretação do historiador norte-americano E. Brandford Burns. Como essa tradição tem persistido desde os tempos dos impérios indígenas mais organizados, durante os três séculos de colonização ibérica e, republicanamente, através de todas as formas de dominação, a dos déspotas ilustrados como o Dr. Francia e Guzmán Blanco, a dos homens das cavernas como Trujillo e Somoza, a dos verdugos tecnocráticos como Pinochet e a junta argentina, mas também nas formas institucionais e progressistas do autoritarismo modernizante, cujo exemplo mais acabado e equilibrado é o regime do PRI (Partido Revolucionário Institucional) no México, vale a pena examiná-lo de perto e ter em conta que, literariamente, esse é lugar comum do Senhor Presidente de Astúrias e o Tirano Banderas de Valle Inclán, o Primeiro Magistrado do Carpentier e o Patriarca de García Márquez, o Pedro Páramo de Rulfo e os Ardavines de Gallegos, o Supremo de Roa Bastos e o minúsculo don Mónico de Azuela.

O quadro administrativo do poder patrimonial, explica Weber, não está integrado por funcionários, mas por serviçais do chefe que não sentem nenhuma obrigação objetiva quanto ao posto que ocupam, senão fidelidade pessoal pra com o chefe; não obediência ao estatuto legal, mas ao chefe, cujas ordens, por mais caprichosas e arbitrárias que sejam, são legítimas.

A seu nível mais lúcido, esse poder do capricho se traduz nas palavras do Supremo de Roa Bastos: "A ilusão ocupou meu lugar".

A seu nível mais paroquial, é don Mónico colocando a Federação acima de Demetrio Macías porque o camponês não se submeteu à lei patrimonial e cuspiu nas barbas do cacique.

A burocracia patrimonialista, adverte Weber, está integrada pela linhagem do chefe, seus parentes, seus favoritos, seus clientes; os Ardavines, Fulgor Sedano, o chefe Apolonio, o Sute Cúpira. Ocupam e desocupam o lugar reservado à competência profissional, à hierarquia racional, às normas objetivas do funcionalismo público e às ascensões e nomeações reguladas.

Rodeado por clientes, parentes e favoritos, o chefe patrimonial também requer um exército patrimonial, composto de mercenários "guaruras", guarda-costas, falcões, guardas brancos.

Para o chefe e seu grupo, a dominação patrimonial tem por objeto tratar todos os direitos públicos, econômicos e políticos, como direitos privados: ou seja, como probabilidades que podem e devem ser apropriadas para benefício do chefe e seu grupo governante.

As consequências econômicas, indica Weber, são uma desastrosa ausência de racionalidade. Posto que não existe um quadro administrativo formal, a economia não se baseia em fatores previsíveis. O capricho do grupo governante cria uma margem de discrição muito grande, aberta ao suborno, ao favoritismo e à compra e venda de situações.

Essa confusão patrimonial das funções e apropriações públicas e privadas encaixa perfeitamente tanto com as tradições imperiais indígenas como com a tradição hispânica que a prolonga ao tempo que esmaga e nega a revolução democrática na Espanha erasmista e comunera da decadência de Juana a Louca e a ascensão de Carlos I. Uma nação colonial coloniza um continente colonial. Vendamos mercadoria aos espanhóis, ordenou Luis XIV, para obter ouro e prata; e Gracián exclamou em *El Criticón*: A Espanha é as Índias da França. Pode haver dito: A Espanha é as Índias da Europa. E a América Espanhola foi a colônia de uma colônia posando como um Império.

Exportação de lã, importação de têxteis, e fuga dos metais preciosos do norte da Europa para compensar o déficit da balança econômica ibérica, importar os luxos do Oriente para a aristocracia ibérica, pagar as cruzadas contra reformistas e os monumentos mortificados de Felipe II e seus sucessores, defensores da fé. Em seu *Memorial da política necessária*, escrito em 1600, o economista González de Celorio, citado por John Elliot em sua *Espanha imperial*, diz que se na Espanha não há dinheiro, nem ouro nem prata, é porque há; e se a Espanha não é rica, é porque é. Sobre Espanha, conclui Celorio, é possível, dessa maneira, dizer duas coisas contraditórias e certas. Temo que suas colônias não escaparam à ironia de Celorio.

Pois, qual foi a tradição do império espanhol senão um patrimonialismo desaforado, à escala gigantesca, em virtude dele as riquezas dinásticas da Espanha cresceram exorbitantemente, mas não a riqueza dos espanhóis? Se a Inglaterra, como indicam os Stein, eliminou tudo o que restringia o desenvolvimento econômico (privilégios de classe, reais ou corporativos; monopólios; proibições) a Espanha os multiplicou. O império americano dos Austrias foi concebido como uma série de reinos agrupados à coroa de Castilha. Os demais reinos espanhóis estavam legalmente incapacitados para participar diretamente na exploração e na administração do Novo Mundo.

A América foi o patrimônio pessoal do Rei de Castilha, como Comala de Pedro Páramo, o Guararí dos Ardavines e Limón, em Zacatecas, do cacique don Mónico.

A Espanha não cresceu, cresceu o patrimônio real. Cresceu a aristocracia, cresceu a igreja e cresceu a burocracia ao grau que em 1650 havia 400.000 decretos relativos ao novo mundo em vigor: Kafka com peruca. A militância castrense e eclesiástica passa, sem solução de continuidade, da Reconquista espanhola à Conquista e colonização americanas; na península permanece uma aristocracia frouxa, uma burocracia centralizadora e um exército de vigaristas, ladrões e mendigos. Cortés está no México; Calisto, o Lazarillo de Tormes e o Licenciado Vidriera ficam na Espanha. Porém Cortés, homem novo da classe média extremenha, irmão ativo de Nicolás Maquiavel e sua política *para* a conquista, *para* a novidade, *para* o Príncipe que se faz a si mesmo e não herda nada, é derrotado pelo *imperium* dos Habsburgos espanhóis, a anacronia imposta à Espanha primeiro pela derrota da revolução democrática em 1521, é seguida pela derrota da reforma católica no Concílio de Trento.

A América Espanhola deve aceitar o que a modernidade europeia julga intolerável: o privilégio como norma, a igreja militante, falso brilho insolente e o uso privado dos poderes e recursos públicos.

A Espanha levou oitenta anos para ocupar seu império americano e dois séculos para estabelecer a economia colonial sobre três colunas, nos dizem Bárbara e Stanley Stein: os centros mineiros do México e do Peru; os centros agrícolas e pecuários na periferia das minas; e o sistema comercial orientado à exportação de metais à Espanha para pagar as importações do resto da Europa.

A mineração pagou os custos administrativos do império, mas também protagonizou o genocídio colonial, a morte da população que entre 1492 e 1550 decaiu, no México e no Caribe, de 25 milhões a um milhão. Em meio a esse desastre demográfico, a coluna central do império, a mina, potencializou a catástrofe, castigou-a e prolongou-a mediante uma forma de escravismo, o trabalho forçado, a *mita*,[4] por acaso a forma mais brutal de uma colonização que primeiro destruiu a agricultura indígena e logo mandou pobres aos campos de concentração mineiros porque não podiam pagar suas dívidas.

III

Valente mundo novo: que poderia ficar, depois disso, do sonho utópico do Novo Mundo regenerador da corrupção europeia, habitado pelo Bom Selvagem, destinado a restaurar a Idade do Ouro? Erasmo, Moro, Vittoria e Vives se vão pela corredeira escura de uma mina em Potosí ou Guanajuato; a tristíssima Idade do Ouro resultou ser a fazenda, paradoxal refúgio dos

---

[4] Forma de trabalho compulsório herdada dos astecas pelos espanhóis à época colonial; consistia basicamente na superexploração da mão de obra indígena. (N. do E.)

despossuídos e do condenado a trabalhos forçados na mina: a história da América Latina parece escrever-se com a lei jesuíta do conformismo e comparativamente o fazendeiro se permite desempenhar esse papel de protetor, patriarca, juiz e carcereiro benévolo que exige e obtém, paternalistamente, o trabalho e a lealdade do camponês que recebe do patriarca rações, consolação religiosa e segurança tristemente relativa. Seu nome é Pedro Páramo, don Mónico, José Gregorio Ardavín.

Debaixo dessa lápide de séculos saem os homens e mulheres de Azuela: são as vítimas de todos os sonhos e todos os pesadelos do Novo Mundo. Havemos de nos surpreender de que, se ao saírem debaixo da pedra, pareçam às vezes insetos, alecrins cegos, deslumbrados pelo mundo, girando ao redor, desorientados por séculos e séculos de obscuridade e opressão baixo às rochas do poder asteca, ibérico e republicano? Emergem dessa escuridão: não podem ver com claridade o mundo, viajam, se movem, emigram, combatem: vão à revolução. Cumprem, veremos, os requisitos da épica original. Mas também, significativamente, os rebaixam e os frustram.

A épica foi vista por Hegel como um ato: um ato do homem que, ambiguamente, se desprende da terra original do mito, de sua identificação primária com os deuses como atores, para assumir ele mesmo a ação. Uma ação consciente de si, adverte Hegel, que perturba a paz da substância, do Ser idêntico a si: a épica é um acidente, uma ruptura da unidade simples que epicamente se divide em partes e se abre ao mundo pluralista dos poderes naturais e das forças morais.

A épica nasce quando os homens se deslocam e desafiam aos deuses: vai viajar comigo a Troia ou vai ficar perto das tumbas em Argos e Tanagra? A primeira vitória do homem sobre os deuses é obrigá-los a acompanhá-lo a Troia, obrigá-los a viajar. A épica nasce dessa peripécia. O mito — ninguém, entre nós, saberá isso melhor que Juan Rulfo — permanece junto às tumbas, na terra dos mortos, guardando os antepassados, vendo se permanecem quietos.

Porém, por sua característica particular de viagem, de peregrinação, a épica é a forma literária do trânsito, a ponte entre o mito e a tragédia. Nada existe isoladamente nas concepções originais do universo, e Hegel, na *Fenomenologia do espírito*, vê na épica um ato que é violação da terra pacífica — vale dizer, da paz dos sepulcros —: a épica converte a tumba em trincheira, vivifica-a com o sangue dos vivos e, ao fazê-lo, convoca o espírito dos mortos, que sentem sede da vida, e que a recebem com autoconsciência da épica transmudada em tragédia, consciência de si, da falibilidade e do erro próprios que vulneraram os valores coletivos da polis. Para restaurar esses valores, o herói trágico regressa ao lar, à terra dos mortos, e encerra o ciclo no reencontro com o mito de origem: Ulisses em Ítaca e Orestes em Argos.

O cristianismo primeiro e o humanismo individualista e mercantil em seguida romperam essa grande roda de fogo da antiguidade para substituí-la por um fio de ouro e excremento: não há por que olhar para trás, a saúde não está na origem mas no futuro: o porvir transcendente da religião, ou o paraíso imanente da engenharia secular.

O romance, na medida em que é produto histórico de uma perda — a da unidade medieval — e de uma ganância — a do assombro descentrado de humanismo — é a primeira forma literária que sucede linearmente a épica e não circularmente através da tragédia que reintegra a épica ao mito.

Sucessão, sim, mas também rebelião: desde seu nascimento moderno, o romance, como se intuísse a dolorosa vocação de uma ausência, busca desesperadamente aliar-se de novo ao mito — de Emily Brontë a Franz Kafka — ou da tragédia — de Doistoievski a Faulkner. Em troca, rechaça seu parentesco épico, converte-o — do *Dom Quixote* de Cervantes ao *Ulisses* de Joyce — em objeto de zombaria.

Por quê? Acaso porque o romance, sendo o resultado de uma operação crítica própria do Renascimento que seculariza, relativiza e contradiz seus próprios fundamentos críticos, sente primeiro a necessidade de criticar a forma da qual emerge e na qual se apoia, negando-a: a épica cavalheiresca da Idade Média, o romance paladino; e, em seguida, experimenta a nostalgia do mito e da tragédia, porém, agora, como nostalgia crítica: filho da fé no progresso e no futuro, o romance sente que sua função se degrada se não é capaz de criticar essa ideologia e que, para fazê-lo necessita das armas do mito e da tragédia. Dom Quixote busca aquelas no fundo da Cova de Montesinos; Dostoievski, estas no sedimento da herança cesaropapista da Terceira Roma, a Santa Rússia; e Kafka, nos sótãos das fábulas germânicas e hebraicas. Porém, Dostoievski, Kafka, Faulkner e Beckett rompem também a linha da sucessão futurizante: os destinos de Iván Karamazov, o agrimensor K, Miss Rosa Coldfield e Malone não são os de Julien Sorel, David Copperfield ou Rastignac: estes dependiam totalmente de uma progressão disparada até o futuro; para aqueles, em troca, o destino tem o rosto dos tempos simultâneos: a forma de todos os tempos é aqui e agora, disse Thomas Mann em *Jacobo*; e Jorge Luis Borges lhe devolveu um eco latino-americano em *O jardim dos caminhos que se bifurcam*: "Acreditava em infinitas séries de tempo, em uma rede crescente e vertiginosa de tempos divergentes, convergentes e paralelos."

Porém para Ortega a épica possui um só tempo, o passado, e não admite o atual como possibilidade poética. O presente da épica é só sua atualização na repetição: "O tema poético existe previamente de uma vez para sempre; se trata somente de atualizá-lo nos corações, de trazê-lo à plenitude de presença", escreve o filósofo espanhol nas *Meditações do Quixote*.

O tempo da épica é um passado absoluto, mas indiscriminado. Como se o poeta da epopeia soubesse o caráter transitivo do seu projeto, é difícil deixar algo fora dela, quer colocar tudo em sua bolsa épica. Ortega faz notar que em Homero a morte de um herói ocupa o mesmo espaço — quatro versos — que o fechar de uma porta. Em *Mímesis*, Eric Auerbach explica que na épica nada fica sem dizer ou na penumbra. O primeiro plano permanente, a total inclusão, as interpolações com as quais o poeta épico dá atualização a seu passado absoluto e transitivo entre o mito e a tragédia criam essa sensação "retardadora" à qual se referem Goethe e Schiller em sua correspondência de 1797, onde contrastam a lentidão e a indiscriminação épicas com tensão e seleção trágicas.

Porém, uma vez que a épica já não é sucedida pela tragédia, mas pelo romance, o que lhe opõe esta, a ficção moderna, afinal de contas? Ao falar de Bernal Díaz del Castillo chamei sua obra de "épica vacilante" da crônica da conquista. As aventuras da epopeia na América Espanhola nos dizem, em primeiro lugar, que no momento do descobrimento e da conquista, a história dos tempos negava a seriedade do impulso épico: Europa se dirige para a centralização administrativa em tensão com a difusão do comércio: os conflitos entre a burocracia real e a burguesia mercantil não terão nada de épico. Em contrapartida, os eventos que têm lugar no Novo Mundo exigem a epopeia: Colombo, Coronado, Cortés, Cabeça de Vaca, Pizarro, Valvidia e Lope de Aguirre são uma exigência épica que resume as palavras maravilhadas de Bernal quando compara Tenochtitlán com as visões de *Amadís* e as de Ercilla quando converte o chefe Araucano Caupolicán em uma espécie de Héctor do Novo Mundo. Os conquistadores viajam com o que o crítico norte-americano Irving Leonard chama "os livros dos valentes": como Dom Quixote, buscam a analogia entre sua glória e a dos poemas épicos. Porém, detrás deles, na Espanha, são outros os livros que anunciam as novas realidades urbanas, instáveis, passageiras: tantos perigos e aventuras ocorrem com Celestina em uma missão amadora de alcovitagem ou o Buscón de Quevedo no cruzamento picaresco de uma praça como Lope de Aguirre na Amazônia ou Cortés rumo às Hibueras.

A vulnerabilidade da épica paladina por Fernando de Rojas e o romance picaresco não encontram paralelo no Novo Mundo senão pelo atalho da vacilação na *Crônica* de Bernal, esse amor e respeito pela figura do vencido, esse lamento pelo mundo desaparecido que sua própria espada contribuiu para matar.

Pois se na Europa a sucessão privativa da antiguidade clássica (mito-epopeia-tragédia) é vencida na modernidade cresocristã pela sucessão epopeia-romance, no Novo Mundo as expectativas exageradas da Utopia, sua vitimização pela Épica e o refúgio daquelas num Barroco doloroso estabelece de imediato duas grandes tradições: a crônica que apoia politicamente a versão épica dos feitos e a lírica que cria outro mundo, outra história na qual todo o assassinado e sufocado pela história épica caiba. Bernal é a fonte secreta do romance hispano-americano: seu livro recorda, recria, ama e lamenta, mas se oferece como "crônica verdadeira".

Os de baixo dá também prova, quatro séculos mais tarde, dessa vacilação épica. Estamos ante uma crônica épica que pretende estabelecer a forma dos feitos, não dos mitos, porque estes não nutrem a textualidade de *Os de baixo*. Porém, também é uma crônica novelística que não só determina os feitos mas os critica imaginativamente.

A descrição dos feitos gerais é épica, sintética às vezes:

> Os federais teriam fortificado as colinas de El Grillo e La Bufa de Zacatecas. Dizia-se que era o último reduto de Huerta, e todo mundo acreditava na queda da praça. As famílias saíam rapidamente rumo ao sul; os trens iam transbordados de gente; faltavam carruagens e vagões, e pelos caminhos reais, muitos, surpreendidos de pânico, marchavam a pé e com seus equipamentos nas costas.

E às vezes justapõe a velocidade e a morosidade, o panorama apresentado curiosamente como primeiro plano:

O cavalo de Macías, como se em vez de cascos tivesse garras de águia, trepou sobre estes penhascos. 'Vamos, vamos!', gritaram seus homens, seguindo atrás dele, como cervos, sobre as rochas, homens e animais feitos um. Apenas um rapaz perdeu o pé e rodou ao abismo; os demais apareceram em brevíssimos instantes no cume, derrubando trincheiras e esfaqueando soldados. Demetrio laçava as metralhadoras, puxava-as como se fossem touros bravos. Aquilo não podia durar. A desigualdade numérica os aniquilaria em menos tempo do que gastaram em chegar ali. Porém, nós nos aproveitamos da momentânea desorganização e com rapidez vertiginosa nos lançamos sobre as posições e os expulsamos delas com a maior facilidade. Ah, que bonito soldado é seu chefe!

....

Do alto da serra se via um lado da Bufa, com seu afloramento, como cabeça enfeitada de altivo rei asteca. A vertente, de seiscentos metros, estava coberta de mortos, com os cabelos emaranhados, manchadas as roupas de terra e de sangue, e naquela superlotação de cadáveres quentes, mulheres esfarrapadas iam e vinham como famintos coiotes apalpando e despojando.

A caracterização, repetitiva, enunciativa e anunciadora das qualidades do herói, também é épica: como Aquiles é o valente e Ulisses o prudente, Alvar Fáñez quem em boa hora cingiu espada e Dom Quixote o Cavaleiro da Triste Figura, Pancho Villa aqui é o "Napoleão mexicano", "a águia asteca que cravou seu bico de aço sobre a cabeça da víbora Victoriano Huerta". E Demetrio Macías será o herói de Zacatecas.

Porém, é aqui mesmo, ao nível épico da nominação, onde Azuela inicia sua desvalorização da épica revolucionária mexicana. Demetrio Macías merece seu título, é herói, venceu alguém em Zacatecas, ou passou a noite do assalto bebendo e amanheceu com uma velha prostituta com um balaço no umbigo e dois recrutas com o crânio esburacado? Essa dúvida romanesca começa a se parecer com outra épica, não a epopeia sem dúvidas de Héctor e Aquiles, de Roldán e do ciclo artúrico, mas a epopeia espanhola do Cid Campeador: a única épica que se inicia com o herói enganando dois mercadores, os judeus Raquel e Vidas, e culmina com uma humilhação maliciosa: as barbas arrancadas do conde García Ordóñez: não uma façanha bélica, mas um insulto pessoal, uma vingança. A rebelião de Demetrio Macías também se inicia com um incidente de barbas — as do cacique de Moyahua — e o mais violento companheiro de Macías, o Güero Margarito, não despetala florezinhas do campo, mas precisamente sua barba:

> Sou muito impaciente, e quando não tenho em quem desafogar, arranco os pelos até que a raiva diminua.
> Palavra de honra, meu general; se não fizesse assim, morreria da própria birra!

Não é essa a cólera de Aquiles, mas sua contrapartida degradada, vacilante, hispano-americana: as enganações de Mío Cid são reproduzidas por Hernán Cortés, o qual confessa ter sido procurado, como "gentil corsário", os arranjos necessários para sua expedição mexicana entre os vizinhos da costa cubana; e explodem vingativamente nessa *Ilíada* descalça, que é *Os de baixo*.

Épica manchada por uma história que está sendo representada diante dos nossos olhos — ainda que Azuela a dê por conhecida — não somente o sentido de que os feitos são conhecidos pelo público, mas no sentido de que o conhecido é repetitivo e é fatal.

Ao contrário da épica, *Os de baixo* carece de uma linguagem comum para suas principais personagens. Os companheiros de Troia se entendem entre si, como os paladinos de Carlos Magno e os sessenta cavaleiros do Cid. Porém, Demetrio Macías e o guapo Luis Cervantes não: e nisso são personagens radicalmente romanescas, pois a linguagem do romance é a do assombro ante um mundo que já não se entende, é a saída de Dom Quixote a um mundo que não se parece a si mesmo, mas também é a incompreensão das personagens que perderam as analogias do discurso: Quixote e Sancho não se entendem, como não se entendem os membros da família Shandy, ou Heatchcliff o cigano e a família inglesa decente, os Lynton, ou Emma Bovary e seu marido, ou Anna Karenina e o seu. Afinal, o que une Macías a Cervantes? O furto, a linguagem comum do despojo, como na famosa cena na qual cada um, fingindo que dorme, vê o outro roubar um cofre sabendo que o outro o olha, selando, assim, um pacto silencioso de ladrões.

Os feitos são fatais: Valderrama pronuncia:

— Juchipila, berço da revolução de 1910, terra bendita, terra regada com sangue de mártires, com sangue de sonhadores... dos únicos bons...
— Porque não tiveram tempo de serem maus — completa a frase brutalmente um oficial ex-federal que vai passando.

E os feitos são repetitivos: "As coisas se agarram sem pedir licença a ninguém", diz La Pintada; se não, para quem foi a revolução? "Para os almofadinhas?", pergunta. "Se agora nós seremos os meros almofadinhas..."

"Meu chefe", disse Cervantes a Macías, "depois de alguns minutos de silêncio e meditação."

"Se agora nós seremos os meros almofadinhas", disse La Pintada.

IV

Estranha épica do desencanto, entre essas duas exclamações perfila *Os de baixo* seu verdadeiro espectro histórico. A dialética interna da obra de Mariano Azuela abunda em dois extremos verbais: a amargura engendrando a fatalidade e a fatalidade engendrando a amargura. O desencantado Solís acredita que a protagonista da revolução é "uma classe libertária", mas confessa não poder separar-se dela porque "a revolução é o furacão". A psicologia de "nossa classe" — continua Solís — "se condensa em duas palavras: roubar, matar...", porém, "que bela é a revolução, mesmo em sua própria barbárie". E, famosamente, conclui "Que decepção, meu amigo, se nós que viemos oferecer todo nosso entusiasmo, nossa própria vida para derrubar um miserável assassino, resultássemos os obreiros de um enorme pedestal onde pudessem colocar cem ou duzentos mil monstros da mesma espécie!" Mas — "Por que discutem já, Demetrio?... — Olha essa pedra como não para mais..."

Se *Os de baixo* se resignasse a essa divergência entre dois extremos que se alimentam mutuamente, precisaria de verdadeira tensão narrativa; sua unidade seria falsa porque a desilusão e a resignação são binômios que se esgotam rapidamente e terminam por refletirem-se, fazendo micagem como um símio diante do espelho. A crítica, por razões óbvias, tem se detido demasiadamente nesses aspectos chamativos da obra de Azuela, passando por cima do núcleo de uma tensão que outorga a esses extremos sua distância ativa no discurso narrativo. Esse centro de *Os de baixo* é, novamente, o que Hegel atribui originariamente à epopeia: um ato humano, um acidente que fere a essência, uma particularidade que vulnera a generalidade e perturba a paz dos sepulcros. Só que esta vez é uma romantização inserta em uma épica o que cumpre essa função que, antes, a épica se reservou frente ao mito precedente.

Azuela recusa uma épica que se conforme com o refletir, muito menos com justificar: é um romancista tratando um material épico para vulnerá-lo, feri-lo, afetá-lo com o ato que rompe a unidade simples. De certo modo, Azuela cumpre assim um ciclo aberto por Bernal Díaz, levanta a pedra da conquista e nos pede para olhar os seres esmagados pelas pirâmides e igrejas, a mita e a fazenda, o "cacicazgo" (coronelismo local) e a ditadura nacional. A pedra é essa pedra, que não para mais; a revolução furacanada e vulcânica deixa, até essa luz, de associar-se com a fatalidade para perfilar-se com esse ato humano, romanesco, que quebranta a epicidade anterior, a que celebra todas as nossas façanhas históricas e, constantemente, nos ameaça com a norma adormecida do autoelogio. Em consequência, o que pareceria à primeira vista resignação ou repetição, em Azuela é crítica, crítica do espectro histórico que se desenha sobre o conjunto de suas personagens. St. Just, no meio de outro furacão revolucionário, se perguntava — como Mao e sua senhora — como arrancar o poder à lei da inércia que constantemente o conduz ao isolamento, à repressão e à crueldade:

Todas as artes — disse o jovem revolucionário francês — produziram maravilhas. A arte de governar só produziu monstros.

St. Just chega a essa conclusão pessimista uma vez que distinguiu o passo histórico da revolução enquanto se afirma contra seus adversários, destrói a monarquia e se defende da invasão estrangeira: essa é a ordem épica da revolução. Porém logo a revolução se volta contra si mesma e essa seria a ordem trágica da revolução. Trotsky escreveu que a arte socialista reviveria a tragédia. Disse isso desde o ponto de vista épico e prevendo uma tragédia já não da fatalidade ou do indivíduo, mas da classe em conflito e finalmente da coletividade. Não sabia então que ele seria um dos protagonistas da tragédia do socialismo, e que ela ocorreria na história, não na literatura.

Azuela conhece perfeitamente os limites de sua experiência literária e histórica e sua advertência é apenas esta: a ordem épica dessa revolução, a mexicana, pode traduzir-se em uma reprodução do despotismo anterior porque — e essa é a riqueza verdadeira de sua obra de romancista — as matrizes políticas, familiares, sexuais, intelectuais e morais da antiga ordem, a ordem colonial e patrimonialista, não foram transformadas em profundidade. O tremor da escritura de Azuela é de uma premonição fantasmagórica: Demetrio Macías, por que não?, pode ser apenas mais uma etapa desse destino inimigo, como o chama Hegel, e que em sua concretude histórica Max Weber chama patrimonialismo: o microcosmos para substituir dom Mónico já está ali, no bando de Demetrio e seus seguidores, seus clientes, seus favoritos, o Güero Margarito, o viado Cervantes, Solís, La Pintada, La Cordorniz, prontos para confundir e apropriarem-se dos direitos públicos em função de seus apetites privados e de servirem ao capricho do chefe.

Mariano Azuela salva Demetrio Macías do destino inimigo à mercê de uma reiteração do ato que, se por trás de sua aparência fatalista, se assemelha ao ato épico de Hegel, que é um distanciamento do ato de homem ante o ato divino, também adquire, por fim, a ressonância de um mito. E esse é o mito do retorno ao lar.

Como Ulisses, como El Cid, como Roldán, como Dom Quixote, Demetrio Macías saiu de sua terra, viu o mundo, o reconheceu e o desconheceu, foi reconhecido e desconhecido por ele. Agora regressa ao lar, de acordo com as leis do mito:

Demetrio, passo a passo, ia ao acampamento.
Pensava em sua junta: dois bois pretos, novinhos, de dois anos de trabalho apenas, em suas duas fanegas de trabalho bem abonadas. A fisionomia de sua jovem esposa se reproduziu fielmente em sua memória: aquelas linhas doces e de infinita mansidão para o marido, de indomáveis energias e altivez para o estranho. Porém quando pretendeu reconstruir a imagem de seu filho, foram vãos todos os seus esforços; o havia esquecido.
Chegou ao acampamento. Estendidos entre os sulcos dormiam os soldados, e misturados com eles, os cavalos derrubados, caídas as cabeças e fechados os olhos.
— Estão muito estragados os cavalos provisórios, compadre Anastasio; é bom que fiquemos descansando ao menos um dia.
— Ai, compadre Demetrio!... Que saudade já da serra! Se visse..., não acredita em mim?... porém nadinha que me animo por

aqui... Uma tristeza e uma melancolia!... Quem sabe o que fará falta para alguém!...

— Quantas horas são daqui a Limão?

— Não é coisa de horas: são três jornadas muito bem feitas, compadre Demetrio.

Antes da madrugada saíram rumo a Tepatitlán. Dispersos pelo caminho real e pelos despojos, suas silhuetas ondulavam vagamente ao passo monótono e compassado das cavalarias, esfumaçando-se no tom perolado da lua minguante, que banhava todo o vale.

Ouvia-se muito longe o ladrar de cachorros.

— Hoje ao meio-dia chegaremos a Tepatitlán, amanhã a Cuquío, e logo..., à serra — disse Demetrio.

Porém Ítaca é uma ruína: a história a matou também:

Igual aos outros povoados que vinham percorrendo desde Tepic, passando por Jalisco, Aguascalientes e Zacatecas, Juchipila era uma ruína. O rastro negro dos incêndios via-se nas casas destelhadas, nos parapeitos incendiados. Casas fechadas; e uma ou outra loja que permanecia aberta era como por sarcasmo, para mostrar seus desnudos armazéns, que recordavam os brancos esqueletos dos cavalos disseminados por todos os caminhos. A máscara pavorosa da fome estava já nas caras terrosas das pessoas, em chama luminosa de seus olhos que, quando se detinham sobre um soldado, queimavam com o fogo da maldição.

A história revolucionária tira a épica de sua sustentação mítica: *Os de baixo* é uma viagem à origem, mas sem mito. E o romance, em seguida, tira a história revolucionária de sua sustentação épica.

Essa é nossa dívida profunda com Mariano Azuela. Graças a ele se pôde escrever romances modernos no México porque ele impediu que a história revolucionária, apesar de seus enormes esforços nesse sentido, se nos impusesse totalmente como celebração épica. O lar que abandonamos foi destruído e nos falta construir um novo. Não é certo que está terminado, diz desde então, desde 1916, Azuela; é possível que estes tijolos sejam diferentes daqueles, mas o chicote é o mesmo. Não nos enganemos, nos diz Azuela o romancista, ainda ao preço da amargura. É preferível estar triste a estar tonto.

OS DE BAIXO

PRIMEIRA PARTE

I

TE DIGO que não é um animal... Ouça como ladra o Palomo... Deve ser algum cristão...

A mulher fixava suas pupilas na obscuridade da serra.

— E se fossem ainda federais[5]? — replicou um homem que, agachado, jantava em um canto, uma caçarola na mão direita e três tortillas em taco[6] na outra mão.

A mulher não o contestou; seus sentidos estavam postos fora do barraco.

Ouviu-se um ruído de cascos no pedregal perto, e o Palomo ladrou com mais raiva.

— Seria bom que pelo sim ou pelo não se esconda, Demetrio.

O homem, sem se alterar, acabou de comer; se acercou de uma jarra e, levantando-a com as duas mãos, bebeu água aos borbotões. Logo se pôs em pé.

— Seu rifle está debaixo da esteira — disse ela com voz muito baixa.

O quartinho se clareava por um pavio de sebo. Em um canto descansavam uma canga, um arado, um bambu e outros instrumentos de agricultura. Do teto pendiam cordas sustentando um velho molde de tijolos, que servia de cama, e sobre mantas e desbotados trapos dormia um menino.

Demetrio apertou a cartucheira a sua cintura e levantou o fuzil. Alto, robusto, de feição avermelhada, sem pelo de bar-

---

[5] Soldados do exército do governo. (N. do E.)

[6] A tortilla é feita de massa de milho assada, achatada e em disco, e taco é uma tortilla enrolada com recheio que, no caso, estava na caçarola. (N. do T.)

ba,[7] vestia camisa e bermuda de algodão, largo chapéu de palha e sandálias de couro.
Saiu passo a passo, desaparecendo na obscuridade impenetrável da noite.
Palomo, enfurecido, havia pulado a cerca do curral. Logo se ouviu um disparo, o cachorro lançou um gemido surdo e não ladrou mais.
Alguns homens a cavalo chegaram vociferando e maldizendo. Dois desceram e outro ficou cuidando dos animais.
— Mulheres..., algo para jantar!... Ovos, leite, feijão, o que tiverem, que viemos mortos de fome.
— Maldita serra! Somente o diabo não se perderia!
— Se perderia, meu sargento, se viesse bêbado como você... Um usava distintivos nos ombros, o outro fitas vermelhas nas mangas.
— E onde estamos, velha?... Mas com uma!... Esta casa está vazia?
— E então, essa luz?... E esse menino?... Velha, queremos jantar, e que seja rápido! Sai ou fazemos você sair?
— Homens malvados, mataram meu cachorro!... Que mal podia fazer a vocês meu pobrezinho Palomo?
A mulher entrou levando o cachorro arrastado, muito branco e muito gordo, com os olhos já claros e o corpo solto.
— Nada mais constrangedor, sargento!... Minha alma, não se zangue, juro para você que sua casa voltará a ficar em paz; mas, por Deus!...

Não me olhe irada...
Não mais desgostos...
Olha-me carinhosa,
luz de meus olhos —,

acabou cantando o oficial com voz embriagada.

---
[7] Azuela, com essas expressões, enfatiza a condição indígena do personagem. (N. do T.)

— Senhora, como se chama este lugarzinho? — perguntou o sargento.

— Limão[8] — respondeu secamente a mulher, já soprando as brasas do fogão e juntando lenha.

— Então aqui é Limão?... A terra do famoso Demetrio Macías!... Ouviu, meu tenente? Estamos em Limão.

— Em Limão?... Bom, para mim... aff!... Já sabe, sargento, se vou ao inferno, nunca melhor que agora, que vou em bom cavalo. Olha, nada mais que bofetadas de morena!... Uma pera para morder!...

— Você deve conhecer esse bandido, senhora... Estive junto com ele na Penitenciária de Escobedo.

— Sargento, traga-me uma garrafa de tequila; decidi passar a noite em amável companhia com esta moreninha... O coronel?... O que você me fala do coronel a estas horas?... Que vá muito a...! E se se aborrece, para mim... aff!... Anda, sargento, diga ao cabo que tire os arreios e vá comer. Eu aqui vou ficar... Escuta, baixinha, deixe que meu sargento frite os ovos e esquente as fritadas; você vem aqui comigo. Olha, esta carteirinha apertada de dinheiro é só para você. É um prazer. Acredita! Ando um pouco embriagado por isso, e por isso também falo um pouco rouco... Em Guadalajara deixei a metade do soldo e pelo caminho venho gastando a outra metade!... Qual o problema...? É meu prazer. Sargento, minha garrafa, minha garrafa de tequila. Baixinha, está muito distante; se achegue para tomar um gole. Como não?... Tem medo do teu... marido... ou o quê?... Se está metido em algum buraco diga que saia..., para mim aff!... Asseguro a você que os ratos não me atrapalham.

Uma silhueta branca preencheu rapidamente a boca escura da porta.

— Demetrio Macías! — exclamou o sargento apavorado,

---

[8] Aldeia de Moyahua, no Estado de Zacatecas. Castro Leal sinaliza que há 127 habitantes.

dando uns passos para trás.

O tenente se colocou de pé e emudeceu, ficou frio e imóvel como uma estátua.

— Mate-os! — exclamou a mulher com a garganta seca.

— Ah, esqueça, amigo!... Eu não sabia... Mas respeito de verdade os valentes.

Demetrio ficou observando-os e um sorriso insolente e depreciativo enrugou sua cara.

— E não apenas os respeito, mas também os quero bem... Aqui tem a mão de um amigo... Está bem, Demetrio Macías, você me despreza... É porque não me conhece, é porque me vê neste vil e maldito ofício... Que quer, amigo!... É um coitado, tem família numerosa para manter! Sargento, vamos; respeito sempre a casa de um valente, de um homem de verdade.

Logo que desapareceram, a mulher abraçou fortemente Demetrio.

— Minha Nossa Senhora de Jalpa![9] Que susto! Pensei que tinham lhe dado um tiro!

— Vai logo à casa do meu pai — disse Demetrio.

Ela quis contê-lo; suplicou, chorou, mas ele, afastando-a docemente, disse sombrio:

— Pressinto que virão todos de uma vez.

— Por que não os matou?

— Naquela hora, eles ainda não haviam pensado nisso!

Saíram juntos; ela com o menino nos braços.

Já na porta se separaram em direção oposta.

A lua povoava a montanha de sombras vagas.

Em cada subida e em cada chapada, Demetrio seguia observando a silhueta dolorida de uma mulher com seu menino nos braços.

Quando depois de muitas horas de subida volta os olhos, no fundo do despenhadeiro, perto do rio, se levantavam grandes chamas.

Sua casa ardia...

---

[9] Município e povoado do Estado de Zacatecas. Não há registro de que exista uma Virgem de Jalpa à qual se venere nesse lugar.

II

TODAVIA, tudo era sombra quando Demetrio Macías começou a baixar ao fundo do barranco. A tortuosa rampa de um declive era uma trilha, entre o penhasco estriado de enormes rachaduras e a vertente de centenas de metros, cortada como de um só golpe.

Descendo com agilidade e rapidez, pensava: "Seguramente agora os federais vão dar com nosso rastro, e vêm em cima de nós como cães. A sorte é que não conhecem caminhos, entradas nem saídas. Só se alguém de Moyahua[10] serviu de guia para eles, porque os de Limão, Santa Rosa e demais aldeias da serra são gente segura e nunca nos entregariam... Em Moyahua está o cacique que me faz correr pelos montes, e que teria muito gosto em me ver pendurado em um poste de telégrafo e com enorme língua de fora..."

E chegou ao fundo do barranco quando começava a clarear o dia. Jogou-se entre as pedras e dormiu.

O rio se arrastava cantando em diminutas cascatas; os passarinhos piavam escondidos nos cactos e as cigarras monótonas enchiam de mistério a solidão da montanha.

Demetrio acordou sobressaltado, atravessou o rio e tomou a vertente oposta do despenhadeiro. Como formiga tropeira escalou a crista, crispadas as mãos nas pedras e ramos, crispadas as plantas sobre os seixos da vereda.

Quando chegou ao cume, o sol banhava o planalto em um lago de ouro. Do barranco se viam rochas enormes rachadas; proeminências eriçadas como fantásticas cabeças africanas; os cactos como dedos anquilosados de gigante; árvores inclinadas até o fundo do abismo. E na aridez das rochas e dos ramos secos, madrugavam as frescas rosas de San Juan como uma branca oferenda ao astro que começava a deslizar seus fios de

---

[10] Município e povoado do Estado de Zacatecas.

ouro de pedra em pedra.

Demetrio se deteve no cume; lançou sua mão direita para trás; tirou o berrante preso às suas costas, levou-o aos seus lábios grossos, e por três vezes, inflando as bochechas, soprou nele. Três assovios responderam ao sinal, além da fronteira.

Mais distante, entre um cônico amontoado de canas e palha podre, saíram, uns atrás de outros, muitos homens de peitos e pernas desnudos, escuros e bem feitos como bronzes envelhecidos.

Vieram apressados ao encontro de Demetrio.

— Queimaram minha casa! — respondeu aos olhares interrogadores.

Houve imprecações, ameaças, insolências.

Demetrio os deixou desabafar; logo sacou de sua camisa uma garrafa, bebeu um pouco, limpou-a com o dorso de sua mão e passou-a ao seu imediato. A garrafa, passando de boca em boca, ficou vazia. Os homens se lamentaram.

— Se Deus nos dá licença — disse Demetrio —, amanhã ou esta mesma noite encararemos outra vez os federais. Que dizem, rapazes, deixamos eles conhecerem estas veredas?

Os homens seminus saltaram dando grandes gritos de alegria. E logo redobraram as injúrias, as maldições e as ameaças.

— Não sabemos quantos serão eles — observou Demetrio, examinando os semblantes. — Julián Medina, em Hostotipaquillo,[11] com meia dúzia de miseráveis e com facas afiadas no moinho de mão, fez frente a todos os policiais e federais do povoado, e os liquidou...

— Terão algo os de Medina que nos falte? — disse um de barba e sobrancelhas espessas e muito pretas, de olhar delicado; homem parrudo e forte.

— Eu apenas sei dizer a eles — acrescentou — que deixo de me chamar Anastasio Montañés se amanhã não sou dono de um fuzil, cartucheira, calças e sapatos. De verdade!... Olha,

---

[11] Município do Estado de Jalisco e povoado da comarca do mesmo Estado.

Codorniz, você que não acredita em mim? Trago meia dúzia de chumbo dentro do meu corpo... Ai que diga meu compadre Demetrio se não é verdade... Mas para mim as balas me dão tanto medo como uma balinha de caramelo. Por que não acredita em mim?

— Que viva Anastasio Montañés! — gritou o Manteca.

— Não — respondeu aquele —; que viva Demetrio Macías, que é nosso chefe, e que vivam Deus do céu e Maria Santíssima.

— Viva Demetrio Macías! — gritaram todos.

Acenderam o fogo com grama e lenhas secas, e sobre os carvões acesos colocaram pedaços de carne fresca. Rodearam-se em torno das chamas, sentados de cócoras, farejando com apetite a carne que se retorcia e crepitava nas brasas.

Perto deles estava, amontoada, a pele dourada de uma rês, sobre a terra úmida de sangue. De um cordão, entre duas huisaches,[12] pendia a carne salgada, secando ao sol e ao ar.

— Bom — disse Demetrio —; já veem que com exceção do meu 30-30,[13] não contamos com mais que vinte armas. Se são poucos, lhes acertamos até não deixar um; se são muitos, ainda que seja um bom susto lhes daremos.

Afrouxou a correia de sua cintura e desatou um nó, oferecendo o conteúdo aos seus companheiros.

— Sal! — exclamaram com alvoroço, pegando cada um com a ponta dos dedos alguns grãos.

Comeram com avidez, e quando ficaram satisfeitos, se jogaram de barriga ao sol e cantaram canções monótonas e tristes, lançando gritos estridentes depois de cada estrofe.

---

[12] Variedade de acácia, árvore espinhenta típica do México, de cujo fruto se extrai tanino. (N. do T.)

[13] Trinta-trinta ou 30-30. Rifle cujo uso se popularizou durante a Revolução Mexicana, designado por seu calibre.

III

ENTRE os matos da serra dormiram os vinte e cinco homens de Demetrio Macías, até que o sinal do berrante os fez despertar. Pancracio tocava-o do alto de um penhasco.

— Agora sim, rapazes, estejam alerta! — disse Anastasio Montañés, reconhecendo as molas do seu rifle.

Mas transcorreu uma hora sem que se ouvisse mais que o canto das cigarras no ervaçal e o coaxar das rãs nos buracos.

Quando os alvores da lua se suavizaram na faixa debilmente rosada da aurora, destacou-se a primeira silhueta de um soldado no ponto mais alto da vereda. E detrás dele apareceram outros, e outros dez, e outros cem; mas todos se perdiam rapidamente nas sombras. Despontavam os fulgores do sol, e até então não se podia ver o despenhadeiro coberto de gente: homens pequeniníssimos em cavalos de miniatura.

— Olhem-nos que bonitos! — exclamou Pancracio. — Andem, rapazes, vamos nos divertir com eles!

Aquelas figurinhas movediças ora se perdiam na espessura do chaparral, ora apareciam mais abaixo sobre o ocre das penhas.

Claramente se ouviam as vozes de chefes e soldados.

Demetrio fez um sinal: estalaram as molas e os elásticos dos fuzis.

— Agora! — ordenou com voz apagada.

Vinte e um homens dispararam a um só tempo e outros tantos federais caíram de seus cavalos. Os demais, surpreendidos, permaneciam imóveis, como baixo-relevo das penhas.

Uma nova descarga, e outros vinte e um homens rolaram de rocha em rocha, com os crânios abertos.

— Saiam, bandidos!... Mortos de fome!

— Morram os ladrões nixtamaleros!...[14]
— Morram os comevacas!...[15]
Os federais gritavam aos inimigos, que, ocultos, quietos e calados, contentavam-se em seguir gabando-se de uma pontaria que já os havia feito famosos.

— Olha, Pancracio — disse Meco, um indivíduo que apenas nos olhos e nos dentes tinha algo de branco —; esta é para o que vai passar atrás daquele cacto!... Filho da...! Toma!... Exatamente na abóbora! Viu?... Agora para o que vem no cavalo cinza... Abaixo, careca!...

— Vou dar um banho no que está agorinha na beirada do caminho... Se não chega ao rio, trapaceiro infeliz, não fica longe... Que tal?... Viu?...

— Anastasio, não seja mau!... Me empresta tua carabina... Rápido, um tiro apenas!...

Manteca, Codorniz e os demais que não tinham armas solicitavam-nas, pediam como uma graça suprema que os deixassem dar um tiro ao menos.

— Se apresentem se são tão homens!
— Mostrem a cabeça... trapos piolhentos!

De montanha a montanha os gritos se ouviam tão claros como de uma calçada de frente.

Codorniz surgiu de improviso, nu, com o calção estendido em atitude de tourear os federais. Então começou a chuva de balas sobre a gente de Demetrio.

— Ui! Ui! Parece que me atiraram um favo de mosquitos na cabeça — disse Anastasio Montañés, já estendido entre as rochas e sem atrever-se a levantar os olhos.

— Codorniz, filho de um...! Agora para onde lhes disse! — rugiu Demetrio.

---

[14] Forma depreciativa para se referir a alguém; textualmente, designa quem prepara o *nixtamal*, que é o milho das tortillas.

[15] Insulto dirigido aos revolucionários, talvez originado do seu forçoso nomadismo e da necessidade de alimentar-se matando animais.

E, arrastando-se, tomaram novas posições.

Os federais começaram a gritar seu triunfo e faziam cessar o fogo, quando uma nova saraivada de balas os desconcertou.

— Já chegaram mais! — clamavam os soldados.

E presas do pânico, muitos voltaram para trás resolutamente, outros abandonaram os cavalos e escalaram, buscando refúgio, entre as penhas. Foi preciso que os chefes fizessem fogo sobre os fugitivos para restabelecer a ordem.

— Para os de baixo... Para os de baixo — exclamou Demetrio, estendendo sua 30-30 em direção ao fio cristalino do rio.

Um federal caiu nas mesmas águas e incessantemente seguiram caindo um a um a cada novo disparo. Mas apenas ele atirava em direção ao rio, e por cada um dos que matava, subiam intactos dez ou vinte na outra margem.

— Para os de baixo... Para os de baixo — seguiu gritando encolerizado.

Os companheiros emprestavam agora suas armas e, fazendo clareiras, cruzavam trilhas abertas.

— Meu cinturão de couro se não pego na cabeça daquele do cavalo preto. Me empresta seu rifle, Meco...

— Vinte tiros de fuzil e meia porção de linguiça para que me deixe tombar o da potranca cor de amora... Bom... Agora!... Viu que salto deu?... Como veado!...

— Não corram, fingidos!... Venham conhecer seu pai Demetrio Macías...

Agora destes partiam as injúrias. Gritava Pancracio, alargando sua cara lisinha, imutável como pedra, e gritava Manteca, contraindo as cordas do seu pescoço e esticando as linhas do seu rosto de olhos turvos de assassino.

Demetrio seguiu atirando e advertindo do grave perigo aos outros, mas eles não repararam em sua voz desesperada até que sentiram o chicoteio das balas por um dos lados.

— Já me queimaram! — gritou Demetrio, e rangeu os dentes. — Filhos da...!

E com prontidão se deixou resvalar em direção a um barranco.

IV

FALTARAM dois: Serapio o confeiteiro e Antonio o que tocava os pratinhos na Banda de Juchipila.[16]
— Vamos ver se nos juntamos mais adiante — disse Demetrio.

Voltavam inquietos. Somente Anastasio Montañés conservava a expressão delicada de seus olhos sonolentos e seu rosto barbudo, e Pancracio a imutabilidade repulsiva de seu duro perfil de prógnato.

Os federais haviam regressado e Demetrio recuperava todos os seus cavalos escondidos na serra.

Imediatamente, Codorniz, que marchava adiante, deu um grito: acabava de ver os companheiros perdidos, pendurados nos braços de um mezquite.[17]

Eram Serapio e Antonio. Reconheceram eles e Anastasio Montañés rezou entre dentes:

— Pai nosso que estás nos céus...

— Amém — sussurraram os demais, com a cabeça inclinada e o chapéu sobre o peito.

E apressados tomaram o desfiladeiro de Juchipila, rumo ao norte, sem descansar até muito tarde da noite.

Codorniz não se separava um instante de Anastasio. As silhuetas dos enforcados, com o pescoço flácido, os braços pendentes, rígidas as pernas, suavemente balançados pelo vento,

---

[16] Município e comarca do Estado de Zacatecas.

[17] Árvore leguminosa, não muito alta e de pouca sombra, de frutos comestíveis.

não se apagavam de sua memória.

No outro dia Demetrio se queixou muito da ferida. Já não pôde montar em seu cavalo. Foi preciso conduzi-lo desde ali em uma maca improvisada com ramos de carvalho e tufos de grama.

— Segue sangrando muito, compadre Demetrio — disse Anastasio Montañés. E com um puxão arrancou uma manga da camisa e a amarrou fortemente ao músculo, em cima do tiro.

— Bom — disse Venancio —; isso estanca o sangue e tira a dor.

Venancio era barbeiro; no seu povoado arrancava dentes e fazia cauterizações e sanguessugas. Gozava de certa ascendência porque havia lido *O judeu errante*[18] e *O sol de maio*.[19] Chamavam-lhe *o doutor*, e ele, muito satisfeito de sua sabedoria, era homem de poucas palavras.

Revezando-se de quatro em quatro, conduziram a maca por planícies lisas e pedregosas e por costas muito íngremes.

Ao meio-dia, quando a névoa sufocava e obnubilava a vista, com o canto incessante das cigarras se ouvia o gemido comedido e monótono do ferido.

Em cada cabaninha escondida entre as rochas abruptas, detinham-se e descansavam.

— Graças a Deus! Uma alma compassiva e uma gorda porção de pimenta e feijões nunca faltam! — dizia Anastasio Montañés arrotando.

E os serranos, depois de apertarem fortemente as mãos endurecidas, exclamavam:

— Deus os bendiga! Deus os ajude e os conduza ao bom caminho!... Agora vão vocês; amanhã nós correremos também, fugindo da leva, perseguidos por estes condenados do

---

[18] Romance do escritor francês Eugenio Sue (1804-1857) publicado em 1845, sobre o personagem Ahsverus, que faz parte da tradição oral cristã.

[19] Romance histórico sobre a Intervenção, do escritor mexicano Juan A. Mateos (1831-1913), publicado em 1868.

governo, que nos declararam guerra e morte aos pobres; que roubam nossos porcos, nossas galinhas e até o milhozinho que temos para comer; que queimam nossas casas e levam nossas mulheres, e que, por fim, onde encontram alguém, ali mesmo o liquidam como se fosse cão raivoso.

Quando entardeceu em labaredas que tingiram o céu em vivíssimas cores, escureceram cabanas em uma planície, entre as montanhas azuis. Demetrio fez com que o levassem lá.

Eram alguns pobríssimos barracões de forragem, disseminados à margem do rio, entre pequenas plantações de milho e feijão recém-brotados.

Puseram a maca no chão e Demetrio, com voz débil, pediu um gole de água.

Nas aberturas obscuras das choças se aglomeraram saias incolores, peitos ossudos, cabeças desgrenhadas e, detrás, olhos brilhantes e bochechas viçosas.

Um menino rechonchudo, de pele morena e reluzente, aproximou-se para ver o homem da maca; logo uma velha, e depois todos os demais vieram ao seu redor.

Uma moça muito amável trouxe uma xícara de água azul. Demetrio segurou a vasilha entre suas mãos trêmulas e bebeu com avidez.

— Não quer mais?

Ergueu os olhos: a menina era de rosto muito vulgar, mas em sua voz havia muita doçura.

Limpou com o dorso do punho o suor que gotejava sua testa, e virando-se de um lado, pronunciou com fadiga:

— Deus lhe pague!

E começou a tremer, com tal força, que sacudia as gramas e os pés da maca. A febre o adormeceu.

— Está fazendo sereno e isso é ruim para a febre — disse sinhá Remigia, uma velha de saia, descalça e com um pedaço de coberta ao peito como se fosse uma camisa.

E sugeriu que levassem Demetrio ao seu barraco.

Pancracio, Anastasio Montañés e Codorniz se deitaram aos pés da maca como cães fiéis, dependentes da vontade do chefe. Os demais se dispersaram em busca de comida.

Sinhá Remigia ofereceu o que tinha: pimenta e tortillas.

— Acreditem..., tinha ovos, galinhas e até uma cabra parida; mas esses malditos federais me limparam.

Logo, colocadas as mãos em assovio, se aproximou do ouvido de Anastasio e disse:

— Acreditem..., carregaram até a menininha da sinhá Nieves!...

V

CODORNIZ, sobressaltado, abriu os olhos e levantou-se.

— Montañés, ouviu?... Um tiro!... Montañés... Acorda...

Deu-lhe fortes empurrões, até conseguir que se virasse e parasse de roncar.

— Com um...! Já está cansando!... Lhe digo que os mortos não aparecem... — balbuciou Anastasio despertando aos poucos.

— Um tiro, Montañés!...

— Vê se dorme, Codorniz, ou lhe meto a mão...

— Não, Anastasio; lhe digo que não é pesadelo... Não voltei mais a lembrar dos enforcados. É realmente um tiro; ouvi-o nitidamente...

— Você está dizendo que é um tiro?... Vamos, dá aqui meu fuzil...

Anastasio Montañés esfregou os olhos, esticou os braços e as pernas com muita moleza e ficou de pé.

Saíram do barraco. O céu estava coalhado de estrelas e a lua subia como uma fina foice. Dos casebres saiu o rumor confuso de mulheres assustadas e ouviu-se o ruído de armas dos homens que dormiam nos arredores e despertavam também.

— Estúpido!... Você quebrou meu pé!

A voz se ouviu clara e distinta nas imediações.

— Quem é?...

O grito ressoou de penha em penha, por picos e barrancos, até perder-se na distância e no silêncio da noite.

— Quem é? — repetiu com voz mais forte Anastasio, já destravando seu fuzil.

— Demetrio Macías! — responderam perto.

— É Pancracio! — disse Codorniz regozijado.

E já sem preocupação deixou repousar na terra a culatra do seu fuzil.

Pancracio conduzia um mocinho coberto de pó, desde o feltro americano até as toscas galochas. Levava uma mancha de sangue fresco em sua calça, perto de um pé.

— Quem é esse guapo? — perguntou Anastasio.

— Eu estou de sentinela, ouvi um ruído entre as gramas e gritei: "Quem é?" "Carranzo",[20] me respondeu esse camarada... "Carranzo...? Não conheço esse valentão..." E toma, Carranzo: meti-lhe um tiro em uma pata...

Sorrindo, Pancracio inclinou a cara imberbe pedindo aplausos.

Então falou o desconhecido.

— Quem aqui é o chefe?

Anastasio levantou a cabeça com altivez, enfrentando-o.

O tom do moço baixou um tanto.

— Pois eu também sou revolucionário. Os federais me pegaram no alistamento e entrei nas fileiras; mas no combate de anteontem consegui desertar, e venho, caminhando a pé, em busca de vocês.

— Ah, é federal!... — interromperam muitos, olhando-o pasmados.

---

[20] Partidário de Carranza, um dos líderes da revolução.

— Ah, é falastrão! — disse Anastasio Montañés. — E por que não meteu o melhor chumbo nos distintivos deles?
— Quem sabe que confusão traz! Quem quer falar com Demetrio, que tem que lhe dizer quem sabe quantas coisas!... Mas isso não importa, há tempo para tudo nessa vida — respondeu Pancracio, preparando seu fuzil.
— Mas que espécie de brutos são vocês? — proferiu o desconhecido.
E não pôde dizer mais, porque Anastasio lhe virou uma bofetada que deixou sua cara banhada em sangue.
— Fuzilem esse fingido!...
— Enforquem-no!...
— Queimem-no..., é federal!...
Exaltados, gritavam, uivavam preparando já seus rifles.
— Shhhh..., shhhh..., calem-se!... Parece que Demetrio fala — disse Anastasio, sossegando-os.
De fato, Demetrio quis informar-se do que acontecia e conseguiu que o levassem ao prisioneiro.
— Uma infâmia, meu chefe, olha só..., olha só! — disse Luis Cervantes, mostrando as manchas de sangue em sua calça e sua boca e seu nariz inchados.
— Por isso, pois, que filho de uma... é você? — interrogou Demetrio.
— Me chamo Luis Cervantes, sou estudante de medicina e jornalista. Por dizer algo em favor dos revolucionários, me perseguiram, me pegaram e fui parar em um quartel...
A narração da sua aventura, que seguiu detalhando em tom declamatório, causou grande gargalhada em Pancracio e em Manteca.
— Eu procurei me fazer entender, convencê-los de que sou um verdadeiro correligionário...
— Corre... quê? — perguntou Demetrio, dobrando uma orelha.
— Correligionário, meu chefe..., quer dizer que persigo os

mesmos ideais e defendo a mesma causa que vocês defendem.
Demetrio sorriu:
— Pois qual causa defendemos?...
— Luis Cervantes, desconcertado, não encontrou o que dizer.
— Olha a cara dele!... Para que tanto papo?... Detonamos ele já, Demetrio? — perguntou Pancracio, ansioso.
Demetrio levou a mão à mecha de cabelo que cobria uma orelha, coçou-se por um bom tempo, meditabundo; logo, não encontrando a solução, disse:
— Saiam... que já está me doendo outra vez... Anastasio, apaga a vela. Aprisionem esse no curral e Pancracio e Manteca cuidam dele para mim. Amanhã resolvemos.

VI

LUIS CERVANTES não conseguia ainda discernir a forma precisa dos objetos na vaga tonalidade das noites estreladas e, buscando o melhor lugar para descansar, deu com seus ossos alquebrados sobre um monte de esterco úmido, ao pé da massa difusa de um huizache.[21] Mais por esgotamento que por resignação, esticou-se o quanto pôde e fechou os olhos resolutamente disposto a dormir, até que seus ferozes vigilantes o despertassem ou o sol da manhã lhe queimasse as orelhas. Algo como um vago calor ao seu lado, logo um respirar rude e fatigante, fizeram-no estremecer; abriu os braços em torno, e sua mão trêmula deu com os pelos rígidos de um porco que, seguramente incomodado com a vizinhança, grunhiu.
Inúteis foram todos os seus esforços para atrair o sono; não pela dor dos membros lesionados, nem pelo fato de ter suas

---

[21] Árvore mexicana de galhos espinhosos e casca fina, com vagens largas de cor violeta escuro, das quais se extrai uma substância empregada para fazer tinta negra.

carnes lesionadas, mas pela instantânea e precisa representação do seu fracasso.

Sim; ele não soube avaliar adequadamente a distância que há entre manejar o escalpelo, fulminar malfeitores nas colunas de um diário provinciano, e vir buscá-los com o fuzil nas mãos em suas próprias guaridas. Suspeitou do seu equívoco, já promovido como subtenente de cavalaria, ao realizar a primeira jornada. Brutal jornada de quatorze léguas, que o deixava com os quadris e os joelhos impactados, como se todos seus ossos houvessem se fundido em um. Acabou por compreender isso oito dias depois, no primeiro encontro com os rebeldes. Juraria, com a mão posta sobre um Santo Cristo que, quando os soldados empunharam as armas em sua cara, alguém com voz ressonante gritado em suas costas: "Salve-se quem puder!" Era tão claro assim que mesmo o seu decidido e nobre cavalo, acostumado com os combates, voltou atrás e de supetão não quis ficar senão à distancia onde nem o rumor das balas se escutava. E era exatamente ao pôr-do-sol, quando a montanha começava a povoar-se de sombras vagarosas e inquietantes, quando as trevas subiam com toda pressa das profundidades. Que coisa mais lógica poderia ocorrer a ele senão a de buscar abrigo entre as rochas, dar repouso ao corpo e ao espírito e procurar o sono? Mas a lógica do soldado é a lógica do absurdo. Assim, por exemplo, na manhã seguinte, seu coronel o acorda com agressivos pontapés e tira-o de seu esconderijo com a cara abobada a bofetadas. Porém aquilo provoca gargalhadas nos oficiais, a tal ponto que, chorando de rir, imploram unanimemente o perdão para o fugitivo. Assim o coronel, em vez de fuzilá-lo, dá-lhe um forte pontapé no traseiro e manda--o embaraçosamente como ajudante de cozinha.

A injúria gravíssima haveria de dar seus frutos venenosos. Luis Cervantes vira a casaca rapidamente, ainda que apenas *in mente* pelo momento. As dores e as misérias dos deserdados chegam a comovê-lo; sua causa é a causa sublime do povo subjugado que clama justiça, apenas justiça. Torna-se íntimo de um humilde soldado e — que mais! — uma mula morta de fadiga em uma tormentosa jornada o faz derramar lágrimas de compaixão.

Luis Cervantes, pois, se fez merecedor da confiança da tropa. Houve soldados que lhe fizeram confidências temerárias. Um, muito sério, que se distinguia por sua temperança e retraimento, lhe disse:

"Eu sou carpinteiro; tinha minha mãe, uma velhinha cravada em sua cadeira pelo reumatismo havia dez anos. À meia-noite me tiraram da minha casa três policiais; amanheci no quartel e anoiteci a doze léguas do meu povoado... Há um mês passei por ali com a tropa... Minha mãe já estava debaixo da terra!... Não tinha mais consolo nesta vida... Agora não faço falta a ninguém. Mas, pelo meu Deus que está nos céus, estes cartuchos que aqui me atribuem não serão para os inimigos... E se se me acontece o milagre (minha Mãe Santíssima de Guadalupe me há de conceder), se me junto a Villa..., juro pela sagrada alma da minha mãe que me pagarão esses federais".

Outro, jovem, muito inteligente, mas charlatão até pelos cotovelos, viciado e fumador de marijuana, chamou-o à parte e, olhando na sua cara fixamente com os olhos vagos e vidrados, soprou-lhe ao ouvido:

"Compadre..., aqueles..., os de lá do outro lado..., compreende?..., aqueles cavalgam o mais notável das cavalarias do Norte e do interior, os arreios dos seus cavalos pesam de pura prata... Nós, psiu!..., em sardinhas boas para levantar baldes de poço..., compreende, compadre? Aqueles recebem reluzentes pesos fortes; nós, bilhetes de celuloide[22] da fábrica do assassino...[23] Disse..."

---

[22] Alude ao fato de que cada facção emitia sua própria moeda durante o período revolucionário.

[23] Alusão a Victoriano Huerta (1845-1916), que assassinou Madero durante o que se chamou a "Década Trágica".

E assim todos, até um segundo sargento, contou ingenuamente: "Eu sou voluntário, mas cometi uma gafe. O que em tempos de paz não se faz em toda uma vida trabalhando como uma mula, hoje se pode fazer em uns poucos meses correndo a serra com um fuzil nas costas. Mas não com isso mano..., não com isso..."

E Luis Cervantes, que já compartilhava com a tropa aquele ódio solapado, implacável e mortal às tropas, oficiais e a todos os superiores, sentiu que de seus olhos caía até a última nebulosidade e viu claro o resultado final da luta.

— Mas foi aqui que hoje, ao chegar apenas com seus partidários, em vez de recebê-lo com os braços abertos, o enfiam num estábulo!

Foi de dia: os galos cantaram nas choças; as galinhas trepadas nos galhos do huizache do curral se mexeram, abriam as asas e secavam as penas e em um só salto se punham no chão.

Contemplou suas sentinelas estiradas no esterco e roncando. Em sua imaginação reviveram as fisionomias dos dois homens do dia anterior. Um, Pancracio, arruivado, pintado, espinhento, sua cara lisa, sua barba proeminente, a testa chata e oblíqua, grudadas as orelhas ao crânio e tudo com um aspecto bestial. E o outro, o Manteca, um esqueleto humano: olhos escondidos, olhar turvo, cabelos muito lisos caindo na nuca, sobre a testa e as orelhas; seus lábios de tuberculoso entreabertos eternamente.

E sentiu uma vez mais que sua carne se amolecia.

VII

SONOLENTO ainda, Demetrio passou a mão sobre as crespas mechas que cobriam sua testa úmida, separadas em direção a uma orelha, e abriu os olhos.

Nitidamente ouviu a voz feminina e melodiosa que em sonhos já havia escutado, e se voltou à porta.

Era de dia: os raios do sol passavam entre as frestas do barraco. A mesma moça que na véspera lhe havia oferecido uma moringa de água deliciosamente fria (seus sonhos de toda a noite), agora, igualmente doce e carinhosa, entrava com uma vasilha de leite transbordando de espuma.

— É de cabra, mas está muito bom... Anda, apenas prove...

Agradecido, Demetrio sorriu, ajeitou-se e, pegando a vasilha de barro, começou a dar pequenos goles, sem tirar os olhos da moça.

Ela, inquieta, baixou os seus.

— Como se chama?

— Camila.

— Me agrada o nome, porém mais a melodiazinha...

Camila se cobriu de rubor, e como ele tentara agarrá-la por um punho, assustada, tomou a vasilha vazia e escapou mais que depressa.

— Não, compadre Demetrio — observou gravemente Anastasio Montañés —; há que amansá-las primeiro... Hum, olha as cicatrizes que me deixaram no corpo as mulheres!... Eu tenho muita experiência nisso...

— Me sinto bem, compadre — disse Demetrio se fazendo de surdo —; parece que estou tendo calafrios; suei muito e amanheci muito resfriado. O que me está molestando, todavia, é a maldita ferida. Chame o Venancio para que me cure.

— E que fazemos, pois, com o guapo que agarrei à noite? — perguntou Pancracio.

— Justamente, homem!... Não havia voltado a acordar!... Demetrio, como sempre, pensou e vacilou muito antes de tomar uma decisão.

— Vamos ver, Codorniz, vem aqui. Olha, pergunta por uma capela que há a três léguas daqui. Vá e roube a batina do padre.

— Mas o que você vai fazer, compadre? — perguntou Anastasio pasmado.

— Se esse guapo vem me assassinar, é muito fácil tirar-lhe a verdade. Eu lhe digo que vou fuzilá-lo. Codorniz se veste de padre e o confessa. Se tem pecado, o estouro: se não, deixo-o livre.

— Hum, quanto trabalho!... Eu o queimava e já — exclamou Pancracio desdenhoso.

À noite Codorniz regressou com a batina do padre. Demetrio fez com que lhe levassem o prisioneiro.

Luis Cervantes, sem dormir nem comer por dois dias, estava com o rosto abatido e cheio de olheiras, os lábios descoloridos e secos.

Falou com lentidão e dificuldade.

— Façam de mim o que quiserem... Seguramente que me equivoquei com vocês...

Houve um prolongado silêncio. Depois:

— Acreditei que vocês aceitariam com gosto quem vem oferecer-lhes ajuda, pobre ajuda a minha, mas que só a vocês mesmos beneficia... O que ganho eu com o triunfo ou não da revolução?

Pouco a pouco ia se animando e a languidez de seu olhar desaparecia por instantes.

— A revolução beneficia o pobre, o ignorante, o que toda sua vida foi escravo, os infelizes que nem sequer sabem que se o são é porque o rico converte em ouro as lágrimas, o suor e o sangue dos pobres...

— Bah!..., e isso é coisa de quê?... Quando nem a mim me convém os sermões! — interrompeu Pancracio.
— Eu quis lutar pela causa santa dos desafortunados... Mas vocês não me entendem..., vocês me rejeitam... Façam comigo, pois, o que quiserem!
— Eu já já sem problema te coloco esta corda no seu pescoço rechonchudo e branco!
— Sim, já sei para que serve você — reforçou Demetrio com aspereza, coçando a cabeça. — Vou fuzilar você, eh?...
Logo, dirigindo-se a Anastasio:
— Levem-no..., e se quer se confessar, tragam-lhe um padre...
Anastasio, impassível como sempre, pegou com suavidade o braço de Cervantes.
— Venha para cá, guapo...
Quando depois de alguns minutos veio Codorniz vestido com a batina de padre, todos gargalharam a ponto de soltar as tripas.
— Hum, esse guapo é estrepitoso! — exclamou. — Até parece que riu de mim quando comecei a fazer-lhe perguntas.
— Mas não cantou nada?
— Não disse mais do que ontem à noite...
— Me parece que não é o que você teme, compadre — advertiu Anastasio.
— Bom, então deem-lhe de comer e fiquem de olho nele.

VIII

LUIS CERVANTES, no outro dia, apenas pôde levantar-se. Arrastando o membro lesionado vagou de casa em casa buscando um pouco de álcool, água fervida e pedaços de roupa usada. Camila, com sua amabilidade incansável, proporcionou tudo para ele.

Logo que começou a lavar-se, ela se sentou a seu lado, para ver curar a ferida, com curiosidade de serrana.

— Ouça, quem o ensinou a curar?... E para que ferveu a água?... E os trapos, para que os cozinhou?... Olha, olha, quanto capricho para tudo!... E isso que jogou nas mãos?... Pior!... Aguardente de verdade?... ahh tá, pois eu acreditava que a aguardente era boa apenas para cólica!... Ah!... De modo que você ia ser doutor?... Tá, tá, tá!... É de matar qualquer um de rir!... E por que você não acha que com água fria seria melhor?... Cada ideia!... Essa é boa! Bichos na água sem ferver!... Argh!... Pois eu não entendo nada!...

Camila seguiu interrogando-o e com tanta familiaridade que alegremente logo começou a tratá-lo de modo mais informal.

Retraído em seu próprio pensamento, Luis Cervantes não a escutava mais.

"E onde estão esses homens admiravelmente armados e montados, que recebem seus ganhos em puros pesos duros[24] dos que Villa está cunhando em Chihuahua? Bah! Uma vintena de pelados e piolhentos, havendo quem cavalgasse em uma égua decrépita, ferida da cara à cauda. Seria verdade o que a imprensa do governo e ele mesmo asseguraram, que os chamados revolucionários não eram senão bandidos agrupados agora com um magnífico pretexto para saciar sua sede de ouro e de sangue? Seria, pois, tudo mentira o que deles contavam os simpatizantes da revolução? Mas se os jornais por outro lado gritavam em todos os tons triunfos e mais triunfos da federação, um funcionário recém-chegado de Guadalajara havia deixado escapar que os parentes e favoritos de Huerta abandonavam a capital rumo aos portos, por mais que este seguisse vociferando: 'Farei a paz custe o que custar'. Portanto,

---

[24] Moeda de cinco pesetas.

revolucionários, bandidos ou como quiserem chamá-los, eles iam derrubar o governo; o amanhã lhes pertencia; havia que estar, pois, com eles, apenas com eles."

— Não, com o que acontece agora não me equivoquei — disse para si mesmo, quase em voz alta.

— Que está dizendo? — perguntou Camila —; pois se eu já acreditava que as ratazanas te haviam comido a língua.

Luis Cervantes franziu as sobrancelhas e olhou com ar hostil aquela espécie de mico de saias, de pele bronzeada, dentes de marfim, pés largos e chatos.

— Escuta, guapo, e você sabe contar histórias?

Luis fez um gesto de aspereza e se distanciou sem contestá-la.

Ela, extasiada, seguiu-o com os olhos até que sua silhueta desaparecesse pela borda do riacho.

Tão absorta estava que estremeceu vivamente com a voz de sua vizinha, a caolha María Antonia que, bisbilhotando de sua cabana, gritou:

— Epa, você!... dê a ele os pós de amor... Para ver se ansim[25] cai...

— Pior!... Essa será você...

— Se eu quisesse!... Mas, argh!, tenho asco aos guapos...

IX

SINHÁ Remigia, me empreste uns ovinhos, minha galinha amanheceu choca. Ali há uns senhores que querem almoçar.

Com a mudança da viva luz do sol pela penumbra do casebre, mais turva ainda pela densa fumaça que se levantava do

---

[25] Assim. (N. do T.)

fogão, os olhos da vizinha se dilataram. Porém após breves segundos começou a perceber distintamente o contorno dos objetos e a cama do ferido em um canto, tocando sua cabeceira a cobertura suja e iluminada.

Encolheu-se de cócoras ao lado de sinhá Remigia e, lançando olhares furtivos aonde repousava Demetrio, perguntou em voz baixa:

— Como vai o homem?... Aliviado?... Que bom!... Olha, e tão jovem!... No entanto ainda está pálido... Ah!... Por que não cicatriza a ferida?... Escuta, sinhá Remigia, não quer que façamos alguma coisa?

Sinhá Remigia, desnuda acima da cintura, inclina seus braços musculosos e enxutos sobre a mó do moinho e passa e repassa seu nixtamal.[26]

— Pois quem sabe se eles decidirem — responde sem interromper a rude tarefa e quase sufocada —; eles trazem seu doutor e por isso...

— Sinhá Remigia — entra outra vizinha dobrando sua fraca coluna para atravessar a porta —, não tem umas folhinhas de louro para me emprestar, para eu ferver para María Antonia?... Amanheceu com cólica...

E como, na verdade, possui apenas o pretexto de bisbilhotar e fofocar, volta os olhos ao canto onde está o enfermo e com um gesto inquire por sua saúde.

Sinhá Remigia baixa os olhos para indicar que Demetrio está dormindo...

— Ave, pois se aqui está você também, sinhá Pachita..., não a havia visto...

— Bons dias lhe dê Deus, Dona Fortunata... Como amanheceram?

— Pois María Antonia com suas regras... e, como sempre, com cólicas...

---

[26] Nixtamal é o milho já cozido em água de cal, que serve para fazer tortillas depois de moído. (N. do T.)

De cócoras, coloca-se quadril a quadril com sinhá Pachita.
— Não tenho folhas de louro, minha alma — responde sinhá Remigia suspendendo um instante a moenda; tira de seu rosto gotejante alguns fios de cabelos que caem sobre seus olhos e mergulha logo as duas mãos em uma vasilha de barro, tirando um grande punhado de milho cozido que solta uma água amarelada e turva. — Eu não tenho; mas vá com a sinhá Dolores: a ela nunca faltam ervinhas.
— Nhá Dolores que à noite foi à congregação. A segunda razão por que vieram era para que fosse fazer o parto da menininha de tia Matías.
— Nossa, sinhá Pachita, não me diga!...
As três velhas formam animada roda e, falando com voz muito baixa, se põem a fofocar com vivíssima animação.
— Certo como haver Deus nos céus!...
— Ah, pois se eu fui a primeira que disse: "Marcelina está gorda e está gorda"! Porém ninguém queria acreditar em mim...
— Pois pobre criatura... E pior se vai resultando em ser de seu tio Nazario!...
— Deus a favoreça...
— Não, que tio Nazario que nada!... Azar aos federais condenados!...
— Bah, pois aí está outra infeliz!...
O barulho das comadres acabou por despertar Demetrio.
Silenciaram um momento e logo disse sinhá Pachita, tirando do seio um pombo terno que abria o bico quase já sufocado:
— Na verdade, eu trazia ao senhor estas substâncias..., mas segundo a razão está em mãos de médico...
— Isso não se faz, sinhá Pachita...; é coisa que vai por fora...
— Sinhô, dispense a migalha...; aqui lhe trago este presente — disse a velhota acercando-se de Demetrio. — Para as hemorragias não há como estas substâncias...

Demetrio aprovou vivamente. Já lhe haviam posto na barriga uns pedaços de pão molhado em aguardente, e quando os tiravam evaporou muito rápido do umbigo, sentia que ainda lhe ficava muito calor guardado.

— Anda, você que sabe bem, sinhá Remigia — exclamaram as vizinhas.

De um bambu fez sinhá Remigia uma larga e encurvada vara que servia para derrubar tunas;[27] tomou o pombo com uma só mão e, girando-o pelo ventre, com habilidade de cirurgião o partiu pela metade com um só corte.

— Em nome de Jesus, Maria e José! — disse sinhá Remigia lançando uma bênção.

Logo, com rapidez, aplicou quentes e pingando os dois pedaços do pombo sobre o abdômen de Demetrio.

— Já verá como vai sentir muito conforto...

Obedecendo as instruções de sinhá Remigia, Demetrio se imobilizou encolhendo-se sobre um lado.

Então sinhá Fortunata contou sua angústia. Ela tinha muito boa vontade com os senhores da revolução. Havia três meses que os federais lhe roubaram sua única filha e isso a fazia inconsolável e fora de si.

No início da história, Codorniz e Anastasio Montañés, atados ao pé da maca, levantavam a cabeça e, entreabertas as bocas, escutavam o relato; porém, em tantas minúcias se meteu sinhá Fortunata que na metade Codorniz se aborreceu e saiu a se aquecer ao sol, e quando terminava solenemente: "Espero de Deus e Maria Santíssima que vocês não deixem vivo nenhum desses federais do inferno", Demetrio, volta a cara para a parede, sentindo muito conforto com as substâncias na bar-

---

[27] Fruto carnoso das plantas da família das cactáceas, principalmente do nopal, que mede entre 3 e 8 cm; é de forma arredondada ou ligeiramente ovalada e sua polpa é de cor verde, amarelada, branqueada, vermelha escura ou rosada, muito aquosa e com abundantes sementes em seu interior; possui casca grossa na qual crescem grupos de espinhos muito finos e pequenos. Geralmente é doce e comestível.

riga, recordava um itinerário para internar-se em Durango,[28] e Anastasio Montañés roncava como um trombone.

X

— POR QUE não chama o guapo para que o cure, compadre Demetrio? — disse Anastasio Montañés ao chefe, que sofria dia-a-dia grandes calafrios e febres. — Se visse, ele se cura sozinho e anda já tão aliviado que nem manca mais.

Porém Venancio, que tinha dispostos os potes de manteiga e os moldes de curativos imundos, protestou:

— Se alguém lhe coloca a mão, eu não respondo pelas consequências.

— Escuta, compadre, mas que doutor que nada é você!... Já se esqueceu por que veio aqui? — disse Codorniz.

— Sim, já me lembro, Codorniz, que anda com a gente porque lhe roubaram um relógio e uns anéis de brilhantes — replicou muito exaltado Venancio.

Codorniz deu uma gargalhada.

— Tudo bem!... Pior você que correu de sua cidade porque envenenou sua namorada.

— Mentira!...

— Sim; deu-lhe cantáridas[29] para...

Os gritos de protesto de Venancio se afogaram entre as gargalhadas escandalosas dos demais.

Demetrio, amargando o semblante, os fez calar; logo começou a queixar-se, e disse:

— Vamos ver, tragam, pois, o estudante.

---

[28] Estado do Noroeste do México e cidade principal do mesmo estado.

[29] Inseto coleóptero do qual se extrai a cantaridina, base medicinal de unguentos e emplastos.

Veio Luis Cervantes, descobriu a perna, examinou cuidadosamente a ferida e balançou a cabeça. A atadura de tecido se fundia em um sulco de pele; a perna, inchada, parecia rebentar. A cada movimento, Demetrio afogava um gemido. Luis Cervantes cortou a atadura, lavou abundantemente a ferida, cobriu o músculo com grandes lenços úmidos e o tapou. Demetrio pôde dormir toda a tarde e toda a noite. Outro dia despertou muito contente.

— Tem a mão muito leve o guapo — disse.

Venancio, rapidamente, observou:

— Tá bom; porém há que saber que os guapos são como a umidade, se infiltram em qualquer lugar. Por causa deles se perdeu o fruto das revoluções.

E como Demetrio acreditava de olhos fechados na ciência do barbeiro, outro dia, na hora em que Luis Cervantes o foi tratar, disse-lhe:

— Ouça, faça isso bem para que quando me deixe bom e são, você possa voltar a sua casa ou onde lhe dê vontade.

Luis Cervantes, discreto, não respondeu uma palavra.

Passou uma semana, quinze dias; os federais não davam sinais de vida. Por outro lado, o feijão e o milho abundavam nos ranchos ao redor; as pessoas tinham tanto ódio dos federais, que de bom grado proporcionavam auxílio aos rebeldes. Os de Demetrio, pois, esperaram pacientes o completo restabelecimento de seu chefe. Durante muitos dias, Luis Cervantes continuou murcho e silencioso.

— Eu acho que você está apaixonado, guapo! — disse-lhe Demetrio, irônico, um dia, depois da melhora e começando a simpatizar-se com ele.

Pouco a pouco foi tomando interesse por suas comodidades. Perguntou a ele se os soldados lhe davam sua porção de carne e leite. Luis Cervantes teve que dizer que se alimentava apenas com o que as boas velhas do rancho queriam dar-lhe e que as pessoas o seguiam olhando-o como a um desconhecido ou a um intruso.

— É tudo gente boa, guapo — contestou Demetrio —; tudo está em saber levá-los. A partir de amanhã não lhe faltará nada. Já verá.

Com efeito, essa mesma tarde as coisas começaram a mudar. Estirados no pedregal, olhando as nuvens crepusculares como gigantescos coágulos de sangue, escutavam alguns dos homens de Macías o relato que Venancio fazia de amenos episódios de *El judío errante*. Muitos, hipnotizados pela delicada voz do barbeiro, começaram a roncar; porém, Luis Cervantes, muito atento, logo que acabou seu discurso com extraordinários comentários anticlericais, disse-lhe enfático:

— Admirável! Você tem um belíssimo talento!

— Não é tão mau — replicou Venancio convencido —; porém, meus pais morreram e não pude fazer carreira.

— É o de menos. Com o triunfo de nossa causa, você obterá facilmente um título. Duas ou três semanas de auxiliar nos hospitais, uma boa recomendação de nosso chefe Macías..., e você, doutor... Tem tanta facilidade, que tudo seria uma brincadeira!

A partir dessa noite, Venancio se distinguiu dos demais deixando de ser chamado de guapo. Luisinho daqui, Luisinho dali.

XI

— ESCUTA, guapo, queria lhe dizer uma coisa... — disse Camila uma manhã, na hora em que Luis Cervantes ia pôr água fervida na cabana para curar seu pé.

A moça andava inquieta havia dias e seus melindres e reticências haviam acabado por aborrecer o moço que, suspendendo rapidamente sua tarefa, colocou-se em pé e, olhando-a cara a cara, respondeu-lhe:

— Bom... O que você quer me dizer?

Camila sentiu então a língua como um trapo e nada pôde pronunciar; seu rosto se ruborizou como um medronho, levantou os ombros e encolheu a cabeça até tocar o peito desnudo. Depois, sem mover-se e fixando, com obstinação de idiota, seus olhos na ferida, pronunciou com debilíssima voz:

— Olha que bonito, vem encarnando já!... Parece botão de rosa de Castilla.

Luis Cervantes franziu a testa com incômodo manifesto e se pôs de novo a tratar-se sem fazer mais caso dela.

Quando terminou, Camila havia desaparecido.

Durante três dias a moça não apareceu em parte alguma. Sinhá Agapita, sua mãe, era a que acudia ao chamado de Luis Cervantes e era a que lhe fervia a água e os lenços. O bom cuidado teve de não perguntar mais. Porém em três dias aí estava de novo Camila com mais rodeios e melindres que antes.

Luis Cervantes, distraído, com sua indiferença instigou Camila, que falou ao fim:

— Ouça, guapo... Queria lhe dizer uma coisa... Ouça, guapo; quero que me repasse *La Adelita*[30]... para... Sabe pra quê?... Pois para cantá-la muito, muito, quando vocês se forem, quando você não estiver mais aqui..., quando estiver tão longe, longe..., que nem mais se lembre de mim...

Suas palavras produziam em Luis Cervantes o efeito de uma ponta de lança resvalando pelas paredes de uma redoma. Ela não se dava conta de nada, e prosseguiu tão ingênua como antes:

— Nossa, guapo, nem lhe conto!... Se visse que mau é o velho que manda em vocês... Olha o que me aconteceu com

---

[30] Canção popular mexicana, de provável origem em Durango, que o villismo popularizou durante a Revolução Mexicana.

ele... Já sabe que não quer o tal Demetrio que ninguém lhe faça a comida a não ser minha mãe e que ninguém a leve a não ser eu... Bom; pois outro dia entrei com o mingau e sabe o que o velho fez? Pois pega minha mão e agarra-a forte, forte; logo começa a beliscar minhas coxas... Ah, mas que safanão tão bom lhe dei!... "Epa, malvado!... Fique quieto!... Malvado, velho malcriado!... Me solta..., me solta, velho sem-vergonha!" E dou um tapão e me safo, saio numa carreira só... Que te parece, guapo?

Camila jamais havia visto Luis Cervantes rir com tanto regozijo.

— Mas realmente é verdade tudo o que você está me contando?

Profundamente desconcertada, Camila não podia responder. Ele voltou a rir ruidosamente e a repetir sua pergunta. E ela, sentindo a inquietação e a angústia maiores, lhe respondeu com voz ressentida:

— Sim, é verdade... E isso é o que eu queria lhe dizer... Não te deu raiva por isso, guapo?

Mais uma vez Camila contemplou com admiração o fresco e radiante rosto de Luis Cervantes, aqueles olhos verde-claros de terna expressão, suas bochechas frescas e rosadas como as de um boneco de porcelana, a suavidade de uma pele branca e delicada que assomava abaixo da gola e mais acima das mangas de uma tosca camiseta de lã, o dourado terno de seus cabelos, eriçados ligeiramente.

— Mas que diabos está esperando, então, boba? Se o chefe a quer, que mais você pretende?...

Camila sentiu que de seu peito algo se levantava, algo que chegava até sua garganta e em sua garganta se comprimia. Apertou fortemente suas pálpebras para exprimir seus olhos rasos; logo limpou com o dorso de sua mão a umidade das bochechas e, como fez há três dias, com a rapidez de um cervo, escapou.

XII

A FERIDA de Demetrio já havia cicatrizado. Começavam a discutir os projetos para acercarem-se ao Norte, de onde se dizia que os revolucionários haviam triunfado em toda linha dos federais. Um acontecimento veio a precipitar as coisas. Um dia Luis Cervantes, sentado em um pico da serra, ao frescor da tarde, o olhar perdido ao longe, sonhando, matava o tédio. Ao pé da estreita crista, sarapintados entre os arbustos e a margem do rio, Pancracio e Manteca jogavam baralho. Anastasio Montañés, que via o jogo com indiferença, voltou rapidamente seu rosto de preta barba e doces olhos até Luis Cervantes e disse-lhe:

— Por que está triste, guapo? Em que pensa tanto? Venha, aproxime-se para contar...

Luis Cervantes não se moveu; porém Anastasio foi sentar-se amistosamente a seu lado.

— Está lhe faltando a agitação da sua terra. É bem evidente que você é de sapato colorido e nó na camisa... Olha, guapo: assim como me vê aqui, todo imundo e desgarrado, não sou o que pareço... Quem acredita em mim?... Eu não passo necessidade; sou dono de dez pares de bois... É verdade!... Que o diga meu compadre Demetrio... Tenho minhas dez fanegas[31] de sementes... Por que não acredita em mim?... Olha, guapo; me agrada muito esfolar os federais, e por isso não gostam de mim. A última vez, faz oito meses já (os mesmos que estou aqui), meti um navalhaço em um capitãozinho sem graça (Deus me guarde), aqui, no meinho do umbigo... Porém, realmente, eu não tenho necessidade... Ando aqui por isso... e por dar uma mão a meu compadre Demetrio.

— Mão da minha vida! — gritou o Manteca entusiasmado

---

[31] Medida para cereais, de quatro alqueires (equivale aproximadamente a 50 quilos).

com um jogo. Sobre o valete de espadas pôs uma moeda de vinte centavos de prata.

— Como sabe, não me agrada nadinha o jogo, guapo!... Quer apostar?... anda, olha; esta cobrinha de couro todavia soa! — disse Anastasio sacudindo o cinturão e fazendo ouvir o choque dos pesos.

Ouvindo a conversa, Pancracio correu o baralho, veio o jota e começou uma discussão. Conversas, gritos, logo injúrias. Pancracio enfrentava seu rosto de pedra diante do de Manteca, que o via com olhos de cobra, convulso como um epiléptico. De uma hora para outra chegavam às mãos. A falta de insolências suficientemente incisivas fazia com que insultassem pais e mães no bordado mais rico de indecências.

Mas nada ocorreu; logo que se esgotaram os insultos, suspendeu-se o jogo, colocaram tranquilamente um braço às costas e passo a passo caminharam em busca de um gole de aguardente.

— Tampouco gosto de brigar com a língua. Isso é feio, verdade, guapo?... Realmente, olha, ninguém acertou a minha família... Gosto de ceder o meu lugar. Por isso verá que nunca ando fazendo chacota... Ouça, guapo — prosseguiu Anastasio, mudando o tom de sua voz, colocando uma mão sobre a testa e de pé —, que escândalo está acontecendo lá, detrás daquela colina? Caramba! São os conservadores!... E estamos tão desprevenidos!... Venha, guapo; vamos contar ao pessoal.

Foi motivo de grande regozijo:

— Vamos encontrar com eles! — disse primeiro o Pancracio.

— Sim, vamos encontrar com eles. Podem vir com sua conversa!...

Porém, o inimigo se converteu em um conjunto de burros e dois carroceiros.

— Parem-nos. São das zonas altas e hão de trazer algumas novidades — disse Demetrio.

E, realmente, confirmaram o pressentimento. Os federais teriam fortificado as colinas de El Grillo e La Bufa[32] de Zacatecas. Dizia-se que era o último reduto de Huerta, e todo mundo acreditava na queda da praça. As famílias saíam rapidamente rumo ao sul; os trens iam transbordados de gente; faltavam carruagens e vagões, e pelos caminhos reais, muitos, surpreendidos de pânico, marchavam a pé e com seus equipamentos nas costas. Pánfilo Natera[33] reunia sua gente em Fresnillo,[34] e aos federais "já lhes vinham muito largas as calças".

— A queda de Zacatecas[35] é o *Requiescat in pace* de Huerta — assegurou Luis Cervantes com extraordinária veemência.

— Necessitamos chegar antes do ataque para nos juntarmos ao general Natera.

E reparando no estranhamento que suas palavras causavam nos semblantes de Demetrio e seus companheiros, deu-se conta de que ainda era um joão-ninguém ali.

Porém, outro dia, quando as pessoas saíram em busca de bons animais para empreender novamente a marcha, Demetrio chamou Luis Cervantes e disse-lhe:

— Realmente quer ir com a gente, guapo?... Você é de outra madeira e, de verdade, não entendo como pode gostar desta vida. Você acredita que alguém anda aqui porque gosta?... Certo, pra que negá-lo?, a alguém agrada a agitação; porém não é só isso... Sente-se, guapo, sente-se, para eu lhe contar. Sabe por que me levantei?... Olha, antes da revolução tinha eu até minha terra arada para semear e se não fosse pelo choque com dom Mónico, o cacique de Moyahua, a estas horas anda-

---

[32] São as duas colinas que limitam a cidade de Zacatecas.

[33] Pánfilo Natera nasceu em Zacatecas em 1882 e foi governador de seu Estado. Participou na Revolução desde suas origens, partidário de Villa e de Moya entre 1910 e 1915.

[34] Município mais importante do Estado de Zacatecas.

[35] Em 23 de junho de 1914 Villa tomou Zacatecas derrotando as forças de Huerta. Episódio importante na queda do usurpador.

ria eu com muita pressa, preparando os pares para as semeaduras... Pancracio, desce duas garrafas de cerveja, uma para mim e outra para o guapo... Pelo sinal da Santa Cruz... Não faz mal, verdade?...

XIII

— EU SOU de Limão, ali, bem perto de Moyahua, do puro cânion de Juchipila. Tinha minha casa, minhas vacas e um pedaço de terra para plantar; resumindo, nada me faltava. Pois, senhor, nós os rancheiros temos o costume de baixar ao lugar a cada oito dias. A gente ouve uma missa, ouve o sermão, logo vai à praça, compra suas cebolas, seus tomates e todas as encomendas. Depois entra com os amigos na loja de Primitivo López pra fazer uma média. Toma-se um copinho; às vezes é um condescendente e se deixa carregar a mão, e a bebida sobe, e agrada, e um ri, grita e canta, se quiser. Tudo está bom, porque ninguém se ofende. Mas é só começarem a meter-se com alguém; que o policial passa e passa, coloca a orelha na porta; porque se o delegado ou os auxiliares quiserem tirá-lo conforme o seu gosto... Claro, homem, esse cara não tem o sangue frio, leva a alma no corpo, ele tem coragem, e se levanta e diz a eles seu justo preço! Se entenderam, tudo bem; deixam-no em paz, e acaba nisso. Porém, há vezes que querem falar ríspida e agressivamente... e um é valentezinho... e não se conforma que alguém lhe encare... E, sim senhor; sai a adaga, sai a pistola... E logo vamos correr pela serra até que se esqueçam do defuntinho!

"Bom. Que aconteceu com dom Mónico? Presunçoso! Muitíssimo menos que com os outros. Nem sequer viu escorrer o sangue!... Uma cuspida nas barbas por ter se intrometido, e parei de contar... Pois isso contribuiu para que a federação viesse em cima de mim. Você há de saber desse embuste do México, em que mataram o senhor Madero[36] e um outro, um tal Félix ou Felipe Díaz,[37] que sei eu!... Bom: pois o dito dom Mónico foi em pessoa a Zacatecas para trazer escolta com a finalidade de que me agarrassem. Dizia que eu era maderista e que ia me pegar. Porém, como não me faltam amigos, houve quem me avisasse em tempo, e quando os federais vieram a Limão, eu já havia me arrancado. Depois veio meu compadre Anastasio, que forjou uma morte, e logo Pancracio, Codorniz e muitos amigos e conhecidos. Depois foram se juntando outros mais e já vê: fazemos a luta como podemos."

— Meu chefe — disse Luis Cervantes depois de alguns minutos de silêncio e meditação —, você sabe já que aqui perto, em Juchipila, temos gente de Natera; convém ir juntarmo-nos com eles antes que tomem Zacatecas. Apresentaremo-nos ao general...

— Não tenho temperamento para isso... Não me agrada render-me a ninguém.

— Porém, você, apenas com alguns homens por aqui, não deixará de passar por um dirigentezinho sem importância. A revolução ganha seguramente; assim que se acabar lhe dirão, como disse Madero aos que lhe ajudaram: "Amigos, muito obrigado; agora voltem a suas casas..."

— Não quero outra coisa, senão que me deixem em paz para voltar a minha casa.

---

[36] Francisco I. Madero (1873-1913) foi a figura principal da Revolução de 1910 contra o ditador Porfirio Díaz. Azuela foi partidário dele desde o início. Madero morreu assassinado por ordens de Victoriano Huerta, a quem os Estados Unidos impulsionaram em 1913, durante o que se chamou "a década trágica". Madero se converteu em um mártir revolucionário e sua figura foi o centro de um debate histórico tão emocional como político. Esse final trágico teve estreita relação com a atitude acética e amarga de Azuela no que diz respeito ao futuro da Revolução.

[37] Félix Díaz foi uma figura política, sobrinho de Porfírio Díaz. Participou na revolta contra Madero, na "Década Trágica"; porém, não morreu nela, contra a suposição do personagem.

— Para lá vou... Não terminei: "Vocês, que me conduziram até a Presidência da República, arriscando suas vidas, com perigo iminente de deixar viúvas e órfãos na miséria, agora que já alcancei meu objetivo, vão pegar a enxada e a pá, a viver mediocremente, sempre com fome e sem vestir, como estavam antes, enquanto que nós, os de cima, fazemos alguns milhões de pesos."

Demetrio balançou a cabeça e sorrindo se coçou.

— Luisito disse uma verdade como um templo! — exclamou com entusiasmo o barbeiro Venancio.

— Como dizia — prosseguiu Luis Cervantes —, acaba-se a revolução, e acabou-se tudo. Lástima de tanta vida ceifada, de tantas viúvas e órfãos, de tanto sangue derramado! Tudo, para quê? Para que alguns vigaristas se enriqueçam e tudo fique igual ou pior que antes. Você é desprendido, e disse: "Eu não ambiciono mais que voltar a minha terra". Porém é justo privar sua mulher e seus filhos da fortuna que a Divina Providência lhe põe agora em suas mãos? Será justo abandonar a pátria nestes momentos solenes em que vai necessitar de toda a abnegação de seus filhos humildes para que a salvem, para que não a deixem cair de novo em mãos de seus eternos detentores e cruéis, os caciques?... Não se pode esquecer o que existe de mais sagrado no mundo para o homem: a família e a pátria!...

Macías sorriu e seus olhos brilharam.

— Eh, será bom ir com Natera, guapo?

— Não apenas bom — pronunciou insinuante Venancio —, senão indispensável, Demetrio.

— Meu chefe — continuou Cervantes —, eu simpatizei com você desde que o conheci e gosto de você cada vez mais porque sei tudo o que vale. Permita-me que seja inteiramente franco. Você não compreende, contudo, sua verdadeira, sua alta e nobilíssima missão. Você, homem modesto e sem ambições, não quer ver o importantíssimo papel que lhe compete

nesta revolução. Mentira que você ande por aqui por causa de dom Mónico, o cacique; você se rebelou contra o caciquismo que assola toda a nação. Somos elementos de um grande movimento social que tem que concluir pelo engrandecimento de nossa pátria. Somos instrumentos do destino para a reivindicação dos sagrados direitos do povo. Não brigamos para derrotar um assassino miserável, mas contra a própria tirania. Isso é o que se chama lutar por princípios, ter ideais. Por eles lutam Villa, Natera, Carranza; por eles estamos lutando nós.
— Sim, sim; exatamente o que eu pensei — disse Venancio entusiasmadíssimo.
— Pancracio, desça outras duas cervejas...

XIV

— SE VISSE como o guapo explica bem as coisas, compadre Anastasio — disse Demetrio, preocupado pelo que essa manhã pôde perceber claramente das palavras de Luis Cervantes.
— Já o estive ouvindo — respondeu Anastasio. — A verdade é que você sabe ler e escrever, por isso entende bem as coisas. Porém, o que eu não entendo, compadre, é como você vai se apresentar ao senhor Natera com tão pouquinhos que somos.
— Hum, é o de menos! Desde hoje já vamos fazer de outro modo. Ouvi dizer que Crispín Robles chega a todos os povos pegando todas as armas e cavalos que encontra; coloca para fora da cadeia os presos, e de dois por três tem gente de sobra. Já verá. A verdade, compadre Anastasio, é que temos tonteado muito. Parece uma mentira que esse guapo veio para nos ensinar a cartilha.
— O que é isso de saber ler e escrever!...
Os dois suspiraram com tristeza.

Luis Cervantes e muitos outros entraram para se informar da data de saída.

— Amanhã mesmo nós vamos — disse Demetrio sem vacilação.

Logo Codorniz propôs trazer música do povoadinho imediato e despedir-se com um baile. E sua ideia foi acolhida com frenesi.

— Pois iremos — exclamou Pancracio e deu um grito —; porém, já não vou só... Tenho meu amor e levo-o.

Demetrio disse que ele, de muito boa vontade, levaria também uma moçoila que trazia entre olhos, porém, desejava muito que ninguém deles deixasse recordações negras, como os federais.

— Não há que esperar muito; à volta se ajeita tudo — pronunciou em voz baixa Luis Cervantes.

— Como! — disse Demetrio. — Pois não dizem que você e Camila...?

— Não é certo, meu chefe; ela quer você... porém, tem medo...

— É verdade, guapo?

— Sim; mas me parece muito acertado o que você diz: não há que deixar más impressões... Quando regressemos em triunfo, tudo será diferente; até o agradecerão.

— Ah, guapo!... Você é muito astuto! — respondeu Demetrio, sorrindo e dando-lhe tapinhas às costas.

Ao cair a tarde, como de costume, Camila descia pela água ao rio. Pela mesma vereda e a seu encontro vinha Luis Cervantes.

Camila sentiu que o coração queria sair.

Possivelmente sem reparar nela, Luis Cervantes, bruscamente, desapareceu em um ângulo entre os penhascos.

A essa hora, como todos os dias, a penumbra apagava em um tom mate as rochas calcinadas, as ramagens queimadas pelo sol e os musgos ressecados. Soprava um vento morno em fraco rumor, movendo as folhas lanceoladas do terno milharal. Tudo era igual; porém, nas pedras, nos ramos secos, no ar embalsamado e na folharada, Camila encontrava agora algo muito estranho: como se todas aquelas coisas tivessem muita tristeza.

Dobrou um penhasco gigantesco e carcomido, e deu bruscamente com Luis Cervantes, empoleirado em uma rocha, as pernas pendentes e descoberta a cabeça.

— Escuta, guapo, vem me dizer adeus pelo menos.

Luis Cervantes foi bastante dócil. Baixou e veio até ela.

— Orgulhoso!... Tão mal lhe servi que até a conversa me nega?...

— Por que me diz isso, Camila? Você tem sido muito boa comigo... melhor que uma amiga; me tem cuidado como uma irmã. Eu me vou muito agradecido e sempre me lembrarei de você.

— Mentiroso! — disse Camila transfigurada de alegria. — E se eu não falasse com você?

— Eu ia lhe agradecer esta noite no baile.

— Qual baile?... Se há baile, eu não irei...

— Por que não irá?

— Porque não posso ver o velho esse... o Demetrio.

— Que tonta!... Olha, ele lhe quer muito; não perca esta ocasião que não voltará a encontrar em toda sua vida. Tonta, Demetrio vai chegar a general, vai ser muito rico... Muitos cavalos, muitas joias, vestidos muito luxuosos, casas elegantes e muito dinheiro para gastar... Imagina o que seria ao lado dele!

Para que ele não visse seus olhos, Camila os levantou até o azul do céu. Uma folha seca se desprendeu das alturas da escarpa e, balançando-se no ar lentamente, caiu como borboleta morta a seus pés. Inclinou-se e a tomou em seus dedos. Logo, sem olhar sua cara, sussurrou:

— Ai, guapo... se soubesse o quanto é repugnante você me

dizendo isso!... Se é você quem eu quero... porém, a ti não mais... Sai, guapo; sai, que não sei por que me dá tanta vergonha... Sai, sai!...

E jogou a folha despedaçada entre seus dedos angustiados e cobriu seu rosto com a ponta de seu avental.

Quando abriu de novo os olhos, Luis Cervantes havia desaparecido.

Ela seguiu o caminho do riacho. A água parecia salpicada de finíssimo carmim; em suas ondas se revolvia um céu de cores e os picos metade luz e metade sombra. Miríades de insetos luminosos cintilavam em um remanso. E no fundo de pedras lavadas, reproduziu-se, com sua blusa amarela de faixas verdes, suas anáguas brancas sem engomar, fraco o juízo e levantadas as sobrancelhas e a testa; tal como se havia composto para atrair Luis.

E começou a chorar.

Entre os matagais as rãs cantavam a implacável melancolia da hora.

Mexendo-se em um ramo seco, uma pomba chorou também.

XV

NO BAILE houve muita alegria e se bebeu muito bom mezcal.[38]

— Sinto falta da Camila — pronunciou em voz alta Demetrio.

---

[38] *Mexcalli, metl*, maguey; *xcalli*, cozido, fervido: bebida alcoólica destilada do maguey. Popular entre os camponeses. O mescal é como a tequila, produzido com o sumo do agave. Diferencia-se desta — que é destilada duas ou três vezes — por ser uma bebida mais "rústica", normalmente sofrendo apenas uma destilação. Mezcal é também o nome genérico para todas as bebidas produzidas a partir do agave.

E todo mundo buscou com os olhos Camila.

— Está mal, tem enxaqueca — respondeu com aspereza sinhá Agapita, zangada pelos olhares de malícia que todos tinham posto nela.

Já ao acabar o baile, Demetrio, cambaleando um pouco, agradeceu os bons vizinhos que tão bem os haviam acolhido e prometeu que ao final da revolução a todos traria presentes, pois "na cama e na cadeia se conhece os amigos".

— Deus os tenha em sua santa mão — disse uma velha.
— Deus os bendiga e os leve pelo bom caminho — disseram outras.

E María Antonia, muito bêbada:
— Que voltem rápido... mas rapidíssimo!...

Outro dia María Antonia, que, apesar das cicatrizes de varíola nas faces e com uma mancha em um olho, tinha muito má fama, tão má que se assegurava que não havia macho que não a tivesse conhecido entre os matagais do rio, gritou assim a Camila:

— Epa, você!... Que isso?... Que você está fazendo no canto com o xale amarrado na cabeça?... Aff!... Chorando?... Olha que olhos! Já parece feiticeira! Vai... não se preocupe!... Não há dor que na alma chegue, que aos três dias não se acabe.

Sinhá Agapita uniu as sobrancelhas, e quem sabe o que resmungou por dentro.

Na verdade, as comadres estavam desgostosas pela partida do pessoal, e mesmo os homens, não obstante falações e fofocas um tanto ofensivas, lamentavam que não houvesse quem sustentasse o rancho de carneiros e bois para comer carne diariamente. Tão bom passar a vida comendo e bebendo, dormindo de perna esticada na sombra das rochas, enquanto as nuvens se fazem e desfazem no céu!

— Olhem para eles outra vez! Ali vão — gritou María Antonia —; parecem brinquedos de estante.

Ao longe, ali onde a terra e os arbustos espinhosos começavam a fundir-se em um só plano aveludado e azulado, perfilaram-se na claridade safira do céu e sobre o fio de um cume os homens de Macías em seus cavalos esquálidos. Uma rajada de ar quente levou até os matagais os sotaques vagos e entrecortados de *La Adelita*.

Camila não pôde conter-se, quando ouviu a voz de María Antonia avisando para vê-los pela última vez, e regressou afogando-se em soluços.

María Antonia lançou uma gargalhada e se afastou.

"Colocaram mau-olhado na minha filha", rumorejou sinhá Agapita, perplexa. Meditou muito tempo e, quando já tinha refletido bastante, tomou uma decisão: de uma estaca cravada em um poste do matagal, entre o Divino Rosto e a Virgem de Jalpa, retirou uma correia de couro cru que servia para seu marido prender os bois e, dobrando-a, aplicou em Camila um golpe para tirar-lhe toda a dor.

Em seu cavalo zaino, Demetrio se sentia rejuvenescido; seus olhos recuperavam seu brilho metálico peculiar e em suas bochechas acobreadas de indígena de pura raça corria de novo o sangue vermelho e quente.

Todos inchavam seus pulmões como para respirar os horizontes dilatados, a imensidão do céu, o azul das montanhas e o ar fresco, embalsamados dos aromas da serra. E faziam galopar seus cavalos, como se naquele correr desenfreado pretendessem tomar posse de toda a terra. Quem se lembrava agora do severo comandante da polícia, do delegado rabugento e do cacique arrogante? Quem da mísera cabana, onde se vive como escravo, sempre sob a vigilância do proprietário ou do grosseiro e raivoso criado, com a obrigação imprescindível de estar de pé antes de sair o sol, com a enxada e a canastra, ou o arado e o bambu, para ganhar uma vasilha de atole[39] e o prato de feijões do dia?

Cantavam, riam e gritavam, ébrios de sol, de ar e de vida.

Meco, fazendo cambalhotas, mostrava sua branca dentadura, brincava e fazia palhaçadas.

— Ouça, Pancracio — perguntou muito sério —; na carta que minha mulher me manda diz que já temos outro filho. Como é isso? Eu não a vejo desde os tempos do sinhô Madero!

— Não, não é nada... deixou-a embuchada!

Todos riem ruidosamente. Só Meco, com muita gravidade e indiferença, canta em horrível falsete:

Eu lhe dava um centavo
e ela me disse que não...
Eu lhe dava meio
e ela não quis agarrar.
Tanto me esteve rogando
até que me tirou um real.
Ai, que mulheres ingratas,
não sabem considerar!

A bagunça acabou quando o sol os foi aturdindo.

Todo o dia caminharam pelo cânion, subindo e descendo morros redondos, raspados e sujos como cabeças tinhosas, morros que se sucediam interminavelmente.

Ao entardecer, bem distante, em meio de um barranco azul, esfumaçaram-se umas torrezinhas acanteiradas; logo a estrada poeirenta em brancos redemoinhos e os postes cinzentos do telégrafo.

Avançaram até o caminho real e, lá longe, descobriram o vulto de um homem acocorado, à margem. Chegaram até ali.

---

[39] Bebida espessa que se faz com farinha de milho dissolvida em água ou leite. De consumo muito popular.

Era um velho esfarrapado e mal encarado. Com uma navalha sem corte remendava cuidadosamente uma sandália. Perto dele pastava um burrinho carregado de erva.

Demetrio interrogou:

— Que faz aqui, vovozinho?

— Vou ao povoado levar alfafa para minha vaca.

— Quantos são os federais?

— Sim..., alguns; creio que não chegam a uma dúzia.

O velho soltou a língua. Disse que havia rumores muito graves: que Obregón[40] já estava sitiando Guadalajara; Carrera Torres,[41] dono de San Luis Potosí,[42] e Pánfilo Natera, em Fresnillo.

— Bom — falou Demetrio —, pode ir a seu povoado; mas cuide para não dizer a ninguém nenhuma palavra do que viu, porque te meto bala. Encontraria você ainda que se escondesse no centro da terra.

— Que dizem, rapazes? — interrogou Demetrio quando o velho se distanciou.

— Atacá-los!... E não deixar um hipócrita vivo! — exclamaram todos de uma vez.

Contaram os cartuchos e as granadas de mão que Tecolote havia fabricado com fragmentos de tubo de ferro e um punhado de latão.

— São poucos — observou Anastasio —; mas vamos trocar por carabinas.

E, ansiosos, apressavam-se a seguir adiante, fincando as es-

---

[40] Alvaro Obregón (1880-1028) foi um dos chefes revolucionários de mais destaque da Revolução. Era originário de Sonora e militar. Apoiou Carranza na luta de facções depois da Convenção, e foi quem derrotou Villa em Celaya (1915). Quando Azuela corrigiu *Los de abajo* para a segunda edição, Obregón ainda não era presidente do México. Assumiu entre 1920 e 1924, e morreu assassinado em 1928, quase conseguiu ser eleito para um novo mandato presidencial.

[41] Alberto Carrera Torres (1892) chegou a ser general da Revolução. Foi convencionalista e logo anticarrancista devido à morte de seu irmão.

[42] Estado do centro do México e sua capital.

poras nas ilhargas magricelas das suas esgotadas tropas.

A voz imperiosa de Demetrio os deteve.

Acamparam na encosta de uma colina, protegidos por espesso huizachal.[43] Sem desselar, cada um foi buscando uma pedra para fazer de travesseiro.

XVI

À MEIA-NOITE, Demetrio Macías deu a ordem de marcha.

O povoado distava uma ou duas léguas, e havia que fazer um ataque surpresa logo cedo aos federais.

O céu estava nublado, brilhavam uma e outra estrela e, de vez em quando, no cintilar avermelhado de um relâmpago, iluminava-se vivamente o horizonte.

Luis Cervantes perguntou a Demetrio se não seria conveniente, para o êxito do ataque, usar um guia ou ao menos procurar os dados topográficos do povoado e a localização exata do alojamento.

— Não, guapo — respondeu Demetrio sorrindo e com um gesto desdenhoso —; nós cairemos quando eles menos esperarem, e pronto. Assim temos feito muitas vezes. Viu como os esquilos colocam a cabeça para fora da toca quando alguém a enche de água? Pois da mesma maneira, aturdidos vão sair esses chifrudos infelizes logo que ouvirem os primeiros disparos. Não prestam mais que para servir-nos de alvo.

— E se o velho que ontem nos informou estava mentindo? Se em vez de vinte homens forem cinquenta? Se for um espião infiltrado pelos federais?

— Este guapo já está com medo! — disse Anastasio Montañés.

---

[43] Monte de huizaches (variedade de acácia).

— Como se não fosse o mesmo pôr remédios e dar calmantes e manejar um fuzil! — observou Pancracio.
— Hum! — replicou Meco. — Aí já é muita conversa... Para uma dúzia de ratos aturdidos!
— Não vai ser agora que nossas mães saberão se pariram homens ou o quê? — agregou Manteca.

Quando chegaram às cercanias da aldeiazinha, Venancio se adiantou e chamou na porta de uma choupana.

— Onde está o acampamento? — interrogou o homem que saiu, descalço e abrigando-se com um poncho seu peito desnudo.

— O acampamento está logo abaixo da praça, chefe — respondeu.

Mas como ninguém sabia onde era logo abaixo da praça, Venancio o obrigou a que caminhasse na frente deles e lhes ensinasse o caminho.

Tremendo de espanto o pobre diabo exclamou que era uma barbaridade o que faziam com ele.

— Sou um pobre trabalhador, senhor; tenho mulher e muitos filhos pequenininhos.

— E os que eu tenho serão cachorros? — retrucou Demetrio.

Logo ordenou:

— Muito silêncio, e um a um devagar pela terra no meio da rua.

Passando o casario, chegava-se à larga cúpula quadrangular da igreja.

— Olhem, senhores, à frente da igreja está a praça, caminhem não mais outro tantinho para baixo, e ali mesmo estará o acampamento.

Logo se ajoelhou, pedindo que já lhe deixassem regressar; porém Pancracio, sem responder, deu-lhe um coice sobre o peito e o fez seguir adiante.

— Quantos soldados estão aqui? — inquiriu Luis Cervantes.

— Chefe, não quero mentir para você; mas a verdade, a pura verdade, é que são numerosos...
 Luis Cervantes se voltou até Demetrio que fingia não ter escutado.
 Rapidamente desembocaram em uma praça. Uma estrondosa descarga de fuzilaria os ensurdeceu. Estremecendo-se, o cavalo zaino de Demetrio vacilou sobre as pernas, dobrou os joelhos e caiu cambaleando. Tecolote[44] deu um grito agudo e tombou do cavalo, que foi dar no meio da praça, desatinado.
 Uma nova descarga e o homem guia abriu os braços e caiu de costas, sem fazer nenhuma queixa.
 Anastasio Montañés levantou rapidamente Demetrio e o colocou nos ombros. Os demais já haviam retrocedido e se amparavam nas paredes das casas.
 — Senhores, senhores — falou um homem do povoado, colocando a cabeça para fora de um saguão grande —, cheguem neles por trás da capela... ali estão todos. Voltem por esta mesma rua, dobrem a esquerda, logo darão com um bequinho e sigam outra vez adiante e estarão atrás da capela.
 Nesse momento começaram a receber uma robusta chuva de tiros de pistola. Vinham de esconderijos próximos.
 — Hum — disse o homem —, essas não são aranhas que picam!... São os guapos... Escondam-se aqui enquanto eles se vão... Esses têm medo até de sua própria sombra.
 — Quantos são os chifrudos? — perguntou Demetrio.
 — Não estavam aqui mais que doze; porém à noite estavam com muito medo e por telégrafo chamaram os que estavam mais à frente. Quem sabe quantos serão!... Porém não deve haver demais. Muitos hão de ser de recrutamento, e talvez alguém faça com que voltem e deixem os chefes sozinhos. Ao meu irmão coube a leva condenada e aqui o trazem. Eu vou com vocês, lhes faço um sinal e verão como todos vêm deste

---

[44] Sobrenome de um personagem.

lado. E acabamos apenas com os oficiais. Se o senhor quiser me dar uma arminha...

— Rifle não tem, irmão; mas isto para alguma coisa lhe há de servir — disse Anastasio Montañés estendendo ao homem duas granadas de mão.

O chefe dos federais era um jovem de cabelo loiro e bigodes crespos, muito presunçoso. Enquanto não soube exatamente o número dos assaltantes, manteve-se calado e prudente ao extremo; porém, agora que os acabavam de rechaçar com tal êxito que não havia dado tempo para que eles contestassem um tiro sequer, fazia gala de valor e temeridade desconhecidos. Quando todos os soldados apenas se atreviam a mostrar suas cabeças detrás dos parapeitos do pórtico, ele, à pálida claridade do amanhecer, destacava airosamente sua esbelta silhueta e sua capa dragona, que o ar inchava de vez em quando.

— Ah, lembro-me do quartel!...

Como sua vida militar se reduzia à aventura em que se viu envolto como aluno da Escola de Aspirantes ao verificar a traição ao presidente Madero, sempre que um motivo propício se apresentava, trazia às refeições a façanha da Ciudadela.[45]

— Tenente Campos — ordenou enfático —, desça você com dez homens chicotear esses bandidos que se escondem... Canalhas!... Só são bravos para comer vacas e roubar galinhas!

Na portinha do caracol apareceu um civil. Levava o aviso de que os assaltantes estavam em um curral, onde era facílimo pegá-los imediatamente.

Isso informavam os vizinhos proeminentes do povoado, situados nos esconderijos e dispostos a não deixar escapar o inimigo.

— Eu mesmo vou acabar com eles — disse com impetuosidade o oficial. Porém logo mudou de opinião. Da mesma porta para a escada em caracol retrocedeu:

---

[45] Forte de origem espanhola, no centro da cidade do México. Alude à traição contra Madero.

— É possível que esperem reforços e não será prudente que eu desampare meu posto. Tenente Campos, vá você e pegue todos vivos para mim para fuzilá-los hoje mesmo ao meio-dia, à hora em que as pessoas estejam saindo da missa principal. Já verão os bandidos que exemplares serão!... Mas se não for possível, tenente Campos, acabe com todos. Não me deixe um só vivo. Entendido?

E, satisfeito, começou a dar voltas, meditando a redação da nota oficial que renderia: "Senhor ministro da Guerra, general dom Aureliano Blanquet.[46] — México. — Honro-me, meu general, em colocar no superior conhecimento seu que na madrugada do dia... uma marcha de quinhentos homens ao comando do capitão H... ousou atacar esta praça. Com a violência que o caso demandava, fortifiquei-me nas alturas do povoado. O ataque começou ao amanhecer, durante mais de duas horas um abundante fogo. Não obstante a superioridade numérica do inimigo, consegui castigá-lo severamente, infligindo-lhe completa derrota. O número de mortos foi o de vinte e maior o de feridos, a julgar pelos vestígios de sangue que deixaram em sua precipitada fuga. Em nossas fileiras tivemos a sorte de não ter nenhuma baixa. — Honro-me em felicitá-lo, senhor ministro, pelo triunfo das armas do governo. Viva o senhor general dom Victoriano Huerta! Viva o México!"

"E logo — seguiu pensando — minha ascensão assegurada a 'major'". E apertou as mãos com regozijo, no mesmo momento em que um estampido o deixou com os ouvidos zumbindo.

---

[46] Aurelio Blanquet (1849-1918) foi o braço executor de Huerta na detenção de Madero durante a Década Trágica, e em seguida, Secretário de Guerra e Marina durante a ditadura de Huerta.

XVII

— DE MODO que se por este curral pudéssemos atravessar, sairíamos exatamente no beco? — perguntou Demetrio.

— Sim; realmente do curral segue uma casa, logo outro curral e uma loja mais adiante — respondeu o camponês.

Demetrio, pensativo, coçou a cabeça. Porém, sua decisão foi rápida.

— Pode conseguir uma enxada, uma lança, algo assim como para perfurar a parede?

— Sim, tem de tudo...; mas...

— Mas o quê?... Onde estão?

— É verdade que aí estão os utensílios; porém todas essas casas são do capitão, e...

Demetrio, sem acabar de escutá-lo, encaminhou-se até o quarto indicado como depósito de ferramentas.

Tudo foi obra de breves minutos.

Logo que chegaram ao beco, um atrás do outro, colados nas paredes, correram até se colocarem atrás do templo.

Tinha que saltar primeiro uma cerca, em seguida o muro posterior da capela.

"Obra de Deus", pensou Demetrio. E foi o primeiro que a escalou.

Como macacos, seguiram atrás dele os outros, chegando acima com as mãos estriadas de terra e de sangue. O resto foi mais fácil: degraus esburacados de alvenaria lhes permitiram saltar com rapidez o muro da capela; logo a cúpula mesma os ocultava da vista dos soldados.

— Parem um pouquinho — disse o paisano —; vou ver onde anda meu irmão. Eu lhes faço o sinal..., depois sobre os oficiais, tá?

Só que não havia naquele momento quem reparasse ainda nele.

Demetrio contemplou um instante o negrume dos capotes ao longo do parapeito, em toda a frente e pelos lados, nas torres apertadas de gente, atrás do corrimão de ferro.

Sorriu com satisfação, e voltando o rosto aos seus, exclamou:

— Agora!...

Vinte bombas estalaram a um só tempo no meio dos federais, que, cheios de espanto, ergueram-se com os olhos desmesuradamente abertos. Mas antes que pudessem dar-se conta exata da situação, outras vinte bombas rebentavam com estrondo, deixando um rastro de mortos e feridos.

— Ainda não!... Ainda não!... Ainda não vejo meu irmão... — implorava angustiado o paisano.

Em vão um velho sargento encrespa com os soldados e os insulta, com a esperança de uma reorganização salvadora. Aquilo não é mais que uma correria de ratos dentro da armadilha. Uns vão tomar o rumo da portinha da escada e ali caem crivados a tiros por Demetrio; outros se jogam aos pés daquela vintena de espectros de cabeça e peitos escuros como de ferro, de compridas calças brancas rasgadas, que lhes descem até as sandálias. No campanário alguns lutam para sair de entre os mortos que caíram sobre eles.

— Meu chefe! — exclama Luis Cervantes alarmadíssimo. — Acabaram as bombas e os rifles estão no curral! Que barbaridade!...

Demetrio sorri, saca um punhal de comprida lâmina reluzente. Instantaneamente brilham os aços nas mãos de seus vinte soldados; uns compridos e pontiagudos, outros largos como a palma da mão, e muito pesados como machetes.

— O espião! — clama em tom de triunfo Luis Cervantes.
— Não lhes disse!

— Não me mate, paizinho! — implora o velho sargento aos pés de Demetrio, que tem sua mão armada no alto.

O velho levanta sua cara indígena cheia de rugas e sem nenhum cabelo branco. Demetrio reconhece quem na véspera os enganou.

Num gesto de pavor, Luis Cervantes volta bruscamente o rosto. A lâmina de aço encontra com as costelas, que fazem crac, crac, e o velho cai de costas com os braços abertos e os olhos espantados.

— O meu irmão, não!... Não o matem, é meu irmão! — grita louco de terror o paisano que vê Pancracio lançando-se sobre um federal.

É tarde. Pancracio, de um talho, degolou-lhe o pescoço, e como de uma fonte jorram dois esguichos escarlates.

— Morram os soldados!... Morram os chifrudos!...

Distinguem-se na carnificina Pancracio e Manteca, exterminando os feridos. Montañés deixa cair sua mão, rendido já; em seu semblante persiste seu olhar doce, em seu impassível rosto brilham a ingenuidade do menino e a amoralidade do chacal.

— Aqui resta um vivo — grita Codorniz.

Pancracio corre até ele. É o capitãozinho loiro de bigode borgonhês, branco como cera, que, encostado em um canto perto da entrada para a escada em caracol, deteve-se por falta de forças para descer.

Pancracio o leva a cotoveladas ao corrimão. Uma joelhada nos quadris e algo como um saco de pedras cai de vinte metros de altura sobre o saguão da igreja.

— Que bruto você é! — exclama Codorniz —, se suspeitasse, nem te falo nada. Tão boas as botinas que ia eu roubá-las!

Os homens, inclinados agora, dedicam-se a desnudar os que trazem melhores roupas. E com os despojos se vestem e brincam e riem muito alegres.

Demetrio, jogando para um lado as compridas madeixas que lhe caíram sobre a testa, cobrindo seus olhos, empapados de suor, diz:

— Agora aos guapos!

XVIII

DEMETRIO chegou com cem homens a Fresnillo no mesmo dia em que Pánfilo Natera iniciava o avanço de suas forças sobre a praça de Zacatecas.
O chefe zacatecano o acolheu cordialmente.
— Já sei quem é você e que gente traz! Já tenho notícia do couro que deram nos federais de Tepic até Durango!
Natera apertou efusivamente a mão de Macías, enquanto Luis Cervantes discursava:
— Com homens como meu general Natera e meu coronel Macías, nossa pátria se verá cheia de glória.
Demetrio entendeu a intenção daquelas palavras quando ouviu repetidas vezes Natera chamá-lo "meu coronel".
Houve vinho e cervejas. Demetrio chocou muitas vezes seu copo com o de Natera. Luis Cervantes brindou "pelo triunfo de nossa causa, que é o triunfo sublime da Justiça; porque logo veremos realizados os ideais de redenção deste nosso povo sofrido e nobre, e sejam agora os mesmos homens que regaram com seu próprio sangue a terra os que colham os frutos que legitimamente lhes pertencem".
Natera voltou um instante sua cara rígida até o tagarela e, dando-lhe as costas, pôs-se a conversar com Demetrio.
Pouco a pouco, um dos oficiais de Natera se havia aproximado, olhando com insistência para Luis Cervantes. Era jovem, de semblante aberto e cordial.
— Luis Cervantes?...
— O senhor Solís?
— Desde que vocês entraram acreditei que o conhecesse... E, vamos, agora o vejo e ainda me parece mentira.
— E não é...
— De modo que...? Mas vamos tomar uma taça; venha...
— Bah! — prosseguiu Solís oferecendo assento a Luis Cer-

vantes. — Pois desde quando você se tornou revolucionário?

— Há dois meses.

— Ah, com razão fala, todavia, com esse entusiasmo e essa fé com que todos viemos aqui desde o começo!

— Você já os perdeu?

— Olha, companheiro, não se surpreenda com confidências boas de cara. Dá tanta vontade de falar com gente que partilha da mesma opinião por aqui, que quando alguém a encontra, a quer com essa mesma ansiedade com que se quer uma caneca de água fria depois de caminhar com a boca seca horas e mais horas debaixo dos raios do sol... Porém, francamente, necessito antes de tudo que você me explique... Não compreendo como o correspondente de "El País" no tempo de Madero, o que escrevia furibundos artigos no "El Regional", o que usava com tanta prodigalidade do epíteto de bandidos para nós, milite em nossas próprias fileiras agora.

— A verdade da verdade, me convenceu! — replicou enfático Cervantes.

— Convencido?...

Solís deixou escapar um suspiro; encheu os copos e beberam.

— Está cansado, pois, da revolução? — perguntou Luis Cervantes esquivo.

— Cansado?... Tenho vinte e cinco anos e, como você pode ver, me sobra saúde... Desiludido? Pode ser.

— Deve ter suas razões...

— "Eu imaginei um florido campo ao fim de um caminho... E encontrei um pântano." Meu amigo: há fatos e há homens que não são senão pura bílis... E essa bílis vai caindo gota a gota na alma, e a tudo amarga, a tudo envenena. Entusiasmo, esperanças, ideais, alegrias..., nada! Logo não lhe sobra mais nada: ou você se converte em um bandido igual a eles, ou sai da cena, escondendo-se atrás das muralhas de um egoísmo impenetrável e feroz.

A Luis Cervantes torturava a conversação; era para ele um sacrifício ouvir frases tão fora de lugar e tempo. Para eximir-se, pois, de tomar parte ativa nela, convidou Solís para que detalhadamente contasse os fatos que lhe haviam conduzido a tal estado de desencanto.

— Fatos?... Insignificâncias, bagatelas: gestos inadvertidos para os demais; a vida instantânea de uma linha que se contrai, de uns olhos que brilham, de uns lábios que se franzem; o significado fugaz de uma frase que se perde. Porém, fatos, gestos e expressões que, agrupados em sua lógica e natural expressão, constituem e integram uma careta pavorosa e grotesca para uma raça... Para uma raça escravizada!... — Rematou um novo copo de vinho, fez uma longa pausa e prosseguiu —: Me perguntará por que sigo então na revolução. A revolução é o furacão, e o homem que se entrega a ela não é mais o homem, é a miserável folha seca arrebatada pelo vendaval...

Interrompeu Solís a presença de Demetrio Macías, que se acercou.

— Vamos embora, guapo...

Alberto Solís, com palavras simples e entonação de sinceridade profunda, felicitou-o efusivamente por seus feitos de armas, por suas aventuras, que o haviam tornado famoso, sendo conhecidas até pelos mesmos homens da poderosa Divisão do Norte.

E Demetrio, encantado, ouvia o relato de suas façanhas, compostas e guarnecidas de tal sorte, que ele mesmo não as conhecia. Ademais, aquilo tão bem soava a seus ouvidos, que acabou por contá-las mais tarde no mesmo tom e ainda por acreditar que assim se haviam realizado.

— Que homem tão simpático é o general Natera! — observou Luis Cervantes quando regressava à taberna. — Em contrapartida, o capitãozinho Solís... que chato!...

Demetrio Macías, sem escutá-lo, muito contente, segurou-o pelo braço e lhe disse em voz baixa:

— Hoje sou realmente coronel, guapo... E você, meu secretário...

Os homens de Macías também fizeram muitas amizades novas essa noite, e "pelo gosto de haver-nos conhecido", se bebeu farto mezcal e aguardente. Como nem todo mundo se simpatiza e às vezes o álcool é mau conselheiro, naturalmente houve suas diferenças; porém, tudo acabou bem e fora da cantina, da pensão ou do bordel, sem molestar os amigos.

Na manhã seguinte, amanheceram alguns mortos: uma velha prostituta com um tiro no umbigo e dois recrutas do coronel Macías com o crânio perfurado. Anastasio Montañés contou a seu chefe, e este, levantando os ombros, disse:

— Puf!... Pois que os enterrem...

XIX

— LÁ VÊM os revolucionários — gritaram com agitação os vizinhos de Fresnillo quando souberam que a invasão dos revolucionários na praça de Zacatecas havia sido um fracasso.

Voltava a multidão desenfreada de homens queimados, sujos e quase nus, coberta a cabeça com chapéus de palma de alta copa cônica e de imensa aba que lhes ocultava meio rosto.

Chamavam-lhes os revolucionários. E os revolucionários regressavam tão alegremente como haviam saído dias antes aos combates, saqueando cada povoado, cada fazenda, cada rancho e até a cabana mais miserável que encontravam pela frente.

— Quem me compra esta maquinaria? — apregoava um, avermelhado e fatigado de levar a carga de seu "saque".

Era uma máquina de escrever nova, que a todos atraiu com os deslumbrantes reflexos do niquelado.

A "Oliver", em apenas uma manhã, teve cinco proprietários, começando por valer dez pesos, desvalorizando-se um ou dois a cada mudança de dono. A verdade era que pesava demais e ninguém podia suportá-la mais de meia hora.

— Dou peseta por ela — ofereceu Codorniz.

— É sua — respondeu o dono dando-lhe a máquina prontamente e demonstrando receio de que aquele se arrependesse.

Codorniz, por vinte e cinco centavos, teve o gosto de tomá-la em suas mãos e de lançá-la logo contra as pedras, onde se quebrou ruidosamente.

Foi como um sinal: todos os que levavam objetos pesados ou incômodos começaram a desfazer-se deles, chocando-os contra as rochas. Voaram os aparatos de cristal e porcelana; grossos espelhos, candelabros de latão, finas estatuetas, vasilhas e todo o supérfluo do "saque" da jornada ficou feito pó pelo caminho.

Demetrio, que não participava daquela alegria, alheio de tudo ao resultado das operações militares, chamou à parte Montañés e Pancracio e lhes disse:

— A estes lhes falta valentia. Não é tão trabalhoso tomar uma praça. Olhem, primeiro se abre um assim..., logo se vai juntando, se vai juntando..., até que záz!... E pronto!

E, com um gesto amplo, abria seus braços musculosos e fortes; logo os aproximava pouco a pouco, acompanhando o gesto à palavra, até estreitá-los contra seu peito.

Anastasio e Pancracio achavam tão simples e clara a explicação, que responderam convencidos:

— Essa é a pura verdade!... A estes lhes falta valentia!...

A gente de Demetrio se alojou em um curral.

— Lembra-se de Camila, compadre Anastasio? — exclamou suspirando Demetrio, deitado de boca para cima no estrume, onde todos, dormindo já, bocejavam de sono.

— Quem é essa Camila, compadre?

— A que me dava de comer lá, no ranchinho...

Anastasio fez um gesto que queria dizer: "Essas coisas de mulheres não me interessam".

— Não me esqueço — prosseguiu Demetrio falando e com o cigarro na boca. — Estava muito mal. Acabava de beber um jarro de água azul muito fresquinha. "Não quer mais?", me perguntou a moreninha... Bom, pois me caí rendido da febre, e foi como estar vendo uma xícara de água azul e ouvir a vozinha: "Não quer mais?"... Mas uma voz, compadre, que soava em minhas orelhas como orgãozinho de prata... Pancracio, o que você diz? Vamos ao ranchinho?

— Olha, compadre Demetrio, por que não acredita em mim? Eu tenho muita experiência nisso das donas... As mulheres!... Por um instante... e olha que instante!... Pelas lepras e feridas com que me marcaram a pele! Mau agouro para elas! São o diabo. De verdade, compadre, você não acredita em mim?... Por isso verá que nem... Mas eu tenho muita experiência nisso.

— Que dia vamos ao ranchinho, Pancracio? — insistiu Demetrio, soltando um bocado de fumaça branca.

— Não diz mais nada... Já sabe que ali deixei meu amor...

— Seu... e não — pronunciou Codorniz sonolento.

— Sua... e minha também. Bom é que seja compadecido e não vá nos trair de verdade — rumorejou Manteca.

— Homem, sim, Pancracio; traga a caolha María Antonia, que por aqui faz muito frio — gritou longe Meco.

E muitos irromperam em gargalhadas, enquanto o Manteca e Pancracio iniciavam sua jornada de insolências e obscenidades.

XX

— QUE venha Villa!
A notícia se propagou com a velocidade do relâmpago.
— Ah, Villa!... A palavra mágica. O grande homem que está se delineando; o guerreiro invicto que já exerce à distância sua grande fascinação de jiboia.
— Nosso Napoleão mexicano! — exclama Luis Cervantes.
— Sim, "a Águia asteca, que cravou sua ponta de lança sobre a cabeça da víbora Victoriano Huerta"... Assim disse em um discurso em Ciudad Juárez — falou em tom um tanto irônico Alberto Solís, o ajudante de Natera.
Os dois, sentados no balcão de uma cantina, rematavam seus copos de cerveja.
E os revolucionários de lenços no pescoço, de grossas botinas de couro e calejadas mãos de peões, comendo e bebendo sem parar, só falavam de Villa e suas tropas.
Os de Natera faziam abrir tamanha boca de admiração aos de Macías.
Oh, Villa!... Os combates de Ciudad Juárez, Tierra Blanca, Chihuahua, Torreón!
Mas os feitos vistos e vividos não valiam nada. Tinha que ouvir a narração de suas proezas portentosas, donde, seguida de um ato de surpreendente magnanimidade, vinha a façanha mais brutal. Villa é o indomável senhor da serra, a eterna vítima de todos os governos que o perseguem como a uma fera; Villa é a reencarnação da velha lenda: o bandido predestinado, que passa pelo mundo com a tocha luminosa de um ideal: roubar os ricos para fazer ricos os pobres! E os pobres lhe fabricam uma lenda que o tempo se encarregará de embelezar para que viva de geração em geração.
— Mas sim, sei dizer-lhe, amigo Montañés — disse um dos de Natera —, que se para você meu general Villa é bacana,

dê-lhe uma fazenda; mas se você não gosta dele..., sem mais mande fuzilá-lo!...

Ah, as tropas de Villa! Puros homens nortistas, muito bem compostos, de chapéu texano, traje cáqui novinho e alpargata dos Estados Unidos de quatro dólares.

E quando diziam isto os homens de Natera olhavam-se entre si desconsolados, dando-se conta de seus chapelaços de palha apodrecidos pelo sol e a umidade e dos rasgos de calças e camisas que mal cobriam seus corpos sujos e piolhentos.

— Porque ali não há fome... Trazem suas carroças lotadas de bois, carneiros, vacas. Furgões de roupa; trens inteiros de plantação e armamentos e comestíveis para que estufe o que queira.

Logo se falava dos aeroplanos de Villa.

— Ah, os aeroplanos! Embaixo, assim bem pertinho, você não sabe o que são; parecem canoas, parecem lanchas; mas quando começam a subir, amigo, é um barulho de aturdir. Logo algo como um automóvel que vai muito rapidamente. E você faça de conta que seja um pássaro grande, muito grande, que aparece de repente que nem sequer incomoda. E agora o melhor: dentro desse pássaro, um cara leva milhares de granadas. Olha isso! Chega a hora de guerrear, e como quem joga milho pras galinhas, ali vão punhados e punhados de chumbo pro inimigo... e aquilo se torna um campo santo: mortos por aqui, mortos por ali, e mortos por toda parte!

E como Anastasio Montañés perguntara a seu interlocutor se a gente de Natera já havia lutado junto com a de Villa, se tudo o que estavam falando com tanto entusiasmo sabiam só de ouvir, porque ninguém deles tinha visto jamais a cara de Villa.

— Hum..., pois de homem a homem todos somos iguais!... Para mim ninguém é mais homem que outro. Para guerrear, o que um cara precisa é nada mais que um tantinho de indignação. Eu, que soldado que nada seria! Mas, ouça, de onde me vê tão desgarrado... Não acredita em mim? Mas, de verdade, eu não tenho necessidade...

— Tenho minhas dez juntas de bois!... Por que não acredita em mim? — disse Codorniz pelas costas de Anastasio, remedando-o e dando grandes risadas.

XXI

O RESSOAR da fuzilaria diminuiu e foi distanciando-se. Luis Cervantes se animou a colocar a cabeça para fora do seu esconderijo, em meio aos escombros de umas muralhas, no mais alto do morro.

Apenas se dava conta de como havia chegado até ali. Não soube quando desapareceram Demetrio e seus homens de seu lado. Encontrou-se sozinho de uma hora para outra e, logo, arrebatado por uma avalanche de infantaria, derrubaram-no da montaria e, quando, todo pisoteado, se deu conta, alguém a cavalo o colocou na garupa. Mas, em pouco, cavalo e montados deram por terra, e ele sem saber de seu fuzil, nem do revólver, nem de nada, encontrou-se em meio à branca fumaça e ao assobiar dos projéteis. E aquele barranco e aqueles pedaços de tijolos amontoados se ofereceram como abrigo seguríssimo.

— Companheiro!...

— Companheiro!...

— Derrubaram meu cavalo; jogaram-se em cima de mim; acharam que eu estava morto e arrancaram minhas armas... O que eu podia fazer? — explicou aflito Luis Cervantes.

— Ninguém me derrubou... Estou aqui por precaução..., sabe?...

O tom festivo de Alberto Solís envergonhou Luis Cervan-

tes: — Caramba! — exclamou aquele. — Que machinho é seu chefe! Que valentia e que serenidade! Não só a mim, mas nos deixou surpresos, de boca aberta.
Luis Cervantes, confuso, não sabia o que dizer.
— Ah! Você não estava ali? Bravo! Buscou lugar seguro em muito boa hora!... Olha, companheiro; venha para que eu lhe explique. Vamos ali, detrás daquele pico. Note que daquela ladeirinha, ao pé da serra, não há via mais acessível que o que temos adiante; à direita a vertente está cortada a chumbo e toda manobra é impossível por esse lado; muito menos pela esquerda: o acesso é tão perigoso, que dar só um passo em falso é rodar e fazer-se em pedaços pelas agudas arestas das rochas. Pois bem; uma parte da brigada Moya se dirigiu à ladeira, rastejando, resolvidos a avançar sobre a primeira trincheira dos federais. Os projéteis passavam zumbindo sobre nossas cabeças; o combate já era geral; houve um momento em que deixaram de atirar. Supusemos que atacavam vigorosamente pelas costas. Então nos lançamos sobre a trincheira. Ah, companheiro, presta atenção!... De meia ladeira abaixo é um verdadeiro tapete de cadáveres. As metralhadoras fizeram tudo; varreram-nos materialmente; alguns de nós puderam escapar. Os generais estavam lívidos e vacilavam em ordenar uma nova carga com o reforço imediato que nos chegou. Então foi quando Demetrio Macías, sem esperar nem pedir ordens a ninguém, gritou:
— Vamos, rapazes!...
— Que bárbaro! — clamei assombrado.
"Os chefes, surpreendidos, não reclamaram. O cavalo de Macías, como se em vez de cascos tivesse garras de águia, trepou sobre estes penhascos. 'Vamos, vamos!', gritaram seus homens, seguindo atrás dele, como cervos, sobre as rochas, homens e animais feitos um. Apenas um rapaz perdeu o pé e rodou ao abismo; os demais apareceram em brevíssimos instantes no cume, derrubando trincheiras e esfaqueando sol-

dados. Demetrio laçava as metralhadoras, puxava-as como se fossem touros bravos. Aquilo não podia durar. A desigualdade numérica os aniquilaria em menos tempo do que gastaram em chegar ali. Porém, nós nos aproveitamos da momentânea desorganização e com rapidez vertiginosa nos lançamos sobre as posições e os expulsamos delas com a maior facilidade. Ah, que bonito soldado é seu chefe!"

Do alto da serra se via um lado da Bufa, com seu afloramento, como cabeça enfeitada de altivo rei asteca. A vertente, de seiscentos metros, estava coberta de mortos, com os cabelos emaranhados, manchadas as roupas de terra e de sangue, e naquela superlotação de cadáveres quentes, mulheres esfarrapadas iam e vinham como famintos coiotes apalpando e despojando.

Em meio da fumaceira branca da fuzilaria e dos negros borbotões dos edifícios incendiados, refulgiam ao claro sol casas de grandes portas e múltiplas janelas, todas fechadas; ruas em engarrafamento, sobrepostas e desorganizadas em circuitos pitorescos, subindo às serras circundantes. E sobre a aldeia risonha se alçava uma fazenda de esbeltas colunas e as torres e cúpulas das igrejas.

— Que bela é a revolução, mesmo em sua própria barbárie! — pronunciou Solís comovido. Logo, em voz baixa e com vaga melancolia:

— Pena que o que falta não seja igual. Há que esperar um pouco. Que não haja combatentes, que não se ouçam mais disparos que os das turbas entregues às delícias do saque; que resplandeça diáfana, como uma gota de água, a psicologia de nossa raça, condensada em duas palavras: roubar, matar!... Que decepção, meu amigo, se nós que viemos oferecer todo nosso entusiasmo, nossa própria vida para derrubar um miserável assassino, resultássemos os obreiros de um enorme pedestal onde pudessem colocar cem ou duzentos mil monstros da mesma espécie!... Povo sem ideais, povo de tiranos!... Lágrima de sangue!

Muitos federais fugitivos subiam escapando de soldados de grandes chapéus de palma e largas calças brancas.

Passou assobiando uma bala.

Alberto Solís, que, cruzados os braços, permanecia absorto depois de suas últimas palavras, teve um sobressalto repentino e disse:

— Companheiro, maldito o quanto se simpatizam comigo estes mosquitos zumbidores. Quer que nos afastemos um pouco daqui?

O sorriso de Luis Cervantes foi tão depreciativo que Solís, envergonhado, sentou-se tranquilamente em uma rocha.

Seu sorriso voltou a vagar seguindo as espirais de fumaça dos rifles e a poeira de cada casa derrubada e cada teto que se fundia. E acreditou ter descoberto um símbolo da revolução naquelas nuvens de fumaça e naquelas nuvens de poeira que fraternalmente ascendiam, abraçavam-se, confundiam-se e desapareciam no nada.

— Ah — clamou rapidamente —, agora sim!...

E sua mão estendida apontou a estação ferroviária. Os trens bufando furiosos, lançando espessas colunas de fumaça, os vagões cheios de gente que escapava a todo vapor.

Sentiu um golpezinho seco no ventre, e como se as pernas tivessem ficado bambas, resvalou da pedra. Logo lhe zumbiram os ouvidos... Depois, escuridão e silêncio eternos...

SEGUNDA PARTE

I

AO CHAMPANHE que ferve em borbulhas onde se decompõe a luz dos candelabros, Demetrio Macías prefere a límpida tequila de Jalisco.[47]

Homens manchados de terra, de fumaça e de suor, de barbas encrespadas e revoltas cabeleiras, cobertos por farrapos encardidos, agrupam-se em torno das mesas de um restaurante.

— Eu matei dois coronéis — clama com voz ríspida e gutural um sujeito pequeno e gordo, de chapéu dobrado, jaqueta de camurça e lenço roxo ao pescoço. — Não podiam correr de tão gordos: tropeçavam nas pedras, e para subir a serra, ficavam como tomates e colocavam para fora uma língua imensa!... "Não corram tanto, chifrudinhos — lhes gritei —; parem, não gosto das galinhas assustadas... Parem, frangotes, que não vou fazer nada com vocês!... Estão fadados!" Há!, há!, há!... Comeram-nos muito... Paf, paf! Um para cada um... e realmente descansaram!

— A mim pareceu ser um insignificante topetudo — falou um soldado de rosto escurecido, sentado em um canto do salão, entre o muro e o balcão, com as pernas esticadas e o fuzil entre elas. — Ah, como trazia ouro o condenado! Nada mais fazia vista nele que os galões nas dragonas e na manta. E eu?... Muito burro o deixei passar! Tirou o lenço e me fez a senha, e eu nada mais fiz que abrir a boca. Porém, apenas deu espaço para que eu dobrasse a esquina, quando de repente

---

[47] Jalisco é um dos 31 estados do México.

bala e bala!... Deixei que ele acabasse um carregador... Agora vou eu!... Minha Nossa Senhora de Jalpa, que não ferre este filho da... má palavra! Nada, apenas deu o estampido!... Trazia muito bom cavalo! Passou-me pelos olhos como um relâmpago... Outro pobre que vinha pela mesma rua me pagou... Que pirueta fiz ele dar!

Arrebatam-se as palavras da boca, e enquanto eles contam calorosamente suas aventuras, mulheres de tez azeitonada, olhos esbranquiçados e dentes de marfim, com revólveres na cintura, cartucheiras apertadas de balas cruzadas sobre o peito, grandes chapéus de palma na cabeça, vão e vêm como vira-latas entre os grupos. Uma mocinha de bochechas tingidas de carmim, de colo e braços muito trigueiros e de rustíssimo porte, dá um salto e põe-se sobre o balcão da cantina, perto da mesa de Demetrio.

Ele volta o rosto para ela e se choca com olhos lascivos, abaixo de uma testa pequena e entre duas bandas de cabelo crespo.

A porta se abre de par em par e, boquiabertos e deslumbrados, um atrás do outro, entram Anastasio Montañés, Pancracio, Codorniz e Meco.

Anastasio dá um grito de surpresa e adianta-se a saudar o cavaleiro pequeno e gordo, de chapéu adornado e cachecol roxo.

São velhos amigos que agora se reconhecem. E abraçam-se tão fortemente que seus rostos ficam marcados.

— Compadre Demetrio, tenho a honra de lhe apresentar loiro Margarito... Um amigo de verdade!... Ah, como gosto deste loiro! Já o conhecerá, compadre... É esmerado!... Lembra, loiro, da penitenciária de Escobedo, lá em Jalisco?... Um ano juntos!

Demetrio, que permanecia silencioso e carrancudo em meio da algazarra geral, sem tirar o charuto dos lábios balbuciou estendendo a mão:

— Ao seu dispor...
— Você se chama, então, Demetrio Macías? — perguntou intempestivamente a moça que sobre o balcão estava sacudindo as pernas e tocava com seus sapatos de couro as costas de Demetrio.
— Às ordens — respondeu-lhe este, virando apenas o rosto.
Ela, indiferente, seguiu movendo as pernas descobertas, ostentando suas meias azuis.
— Eh, Pintada!... Você por aqui?... Anda, desce, vem tomar uma taça — lhe disse o loiro Margarito.
A moça aceitou imediatamente o convite e com muito ímpeto abriu um lugar, sentando-se em frente de Demetrio.
— Então você é o famoso Demetrio Macías que tanto se destacou em Zacatecas? — perguntou a Pintada.
Demetrio inclinou a cabeça assentindo, enquanto que o loiro Margarito lançava uma alegre gargalhada e dizia:
— Diabo de Pintada tão esperta!... Já quer estrear general!...
Demetrio, sem compreender, levantou os olhos até ela; olharam-se cara a cara como dois cachorros desconhecidos que se farejam com desconfiança. Demetrio não pôde sustentar o olhar furiosamente provocativo da moça e baixou os olhos.
Oficiais de Natera, de seus lugares, começaram a fazer piadas à Pintada com ditos obscenos.
Porém ela, sem se alterar, disse:
— Meu general Natera vai dar-lhe seu distintivo... Vai, pegue-o!...
E estendeu sua mão até Demetrio e a apertou com força varonil.
Demetrio, envaidecido pelas felicitações que começaram a chover, mandou que servissem champanhe.
— Não, eu não quero vinho agora, ando mal — disse o loiro Margarito ao garçom —; traga-me apenas água com gelo.
— Eu quero comer algo que não seja nem pimenta nem

feijão, o que houver — pediu Pancracio.

Seguiram entrando oficiais e pouco a pouco o restaurante estava cheio. As estrelas foram ficando frequentes e as barras em chapéus de todas as formas e cores; grandes lenços de seda no pescoço, anéis de grossos brilhantes e pesadas correntes de ouro.

— Olha, moço — gritou o loiro Margarito —, lhe pedi água com gelo... Entende que não lhe peço esmola... Veja este bolo de tíquetes: compro você e... a mais velha de sua casa, entende?... Não me importa saber se acabou, nem por que acabou... Você saberá de onde me trazer... Olha que sou muito impaciente!... lhe digo que não quero explicações, apenas água com gelo... Vai me trazer ou não?... Ah, não?!... Pois toma...

O garçom cai ao golpe de uma sonora bofetada.

— Eu sou assim, meu general Macías; olha como já não tenho pelo de barba na cara. Sabe por quê? Porque sou muito impaciente, e quando não tenho em quem desafogar, arranco os pelos até que a raiva diminua. Palavra de honra, meu general; se não fizesse assim, morreria da própria birra!

— É muito ruim isso de engolir suas próprias cóleras — afirma, muito sério, um de chapéu de esteira como cobertinha de cabana. — Eu, em Torreón, matei uma velha que não quis vender-me um prato de enchiladas.[48] Estavam de implicância. Não saciei minha vontade, nem sequer descansei.

— Eu matei um vendedor no Parral[49] porque me meteu numa troca dois bilhetes de Huerta — disse outro de estrelinha, mostrando, em seus dedos negros e calosos, pedras de luzes refulgentes.

— Eu, em Chihuahua, matei um cara porque topava com ele sempre na mesma mesa e na mesma hora, quando eu ia almoçar... Me indignava muito!... Que vocês querem!...

---

[48] Alimento mexicano simples e popular feito com fritadas, cebolas, queijo e outros ingredientes.
[49] Município mais importante do estado de Chihuahua.

— Hum!... Eu matei...
O tema é inesgotável.

Na madrugada, quando o restaurante está cheio de alegria e de cusparadas, quando as fêmeas nortistas de caras escuras e cinzentas se tornam jovenzinhas rebocadas dos subúrbios da cidade, Demetrio tira seu relógio de ouro incrustado de pedras e pergunta a hora a Anastasio Montañés.

Anastasio vê a careta, logo coloca a cabeça pra fora por uma janelinha e, olhando ao céu estrelado, diz:

— Já vão muito caídas as cabrinhas, compadre; não demora em amanhecer.

Fora do restaurante não cessam os gritos, as gargalhadas e as canções dos bêbados. Passam soldados a cavalos desgovernados, açoitando as calçadas. Por todos os lados da cidade ouvem-se disparos de fuzis e pistolas.

E pelo meio da rua caminham, rumo ao hotel, Demetrio e a Pintada, abraçados e tombando.

II

— QUE BRUTOS! — exclamou Pintada rindo a gargalhadas. — Pois de onde são vocês? Isso de que os soldados vão parar em hospedarias é coisa que já não se usa. De onde vêm? Chega alguém de qualquer lugar e não tem mais que escolher a casa que lhe agrade e se apodera dela sem pedir licença a ninguém. Então pra quem foi a revolução? Para os almofadinhas? Se agora nós seremos os meros almofadinhas... Deixa-me ver, Pancracio, empresta aqui sua baioneta... Ricos... os tais!... Tudo hão de guardar debaixo de sete chaves.

Enfiou a ponta de ferro na fenda de uma gaveta e fazendo força com o punho rompeu a chapa e levantou lascada a mesa do escritório.

As mãos de Anastasio Montañés, de Pancracio e da Pintada se afundaram em um montão de cartas, estampas, fotografias e papéis esparramados pelo tapete.

Pancracio demonstrou sua irritação por não encontrar algo que lhe satisfizesse, lançando pelos ares com a ponta da sandália um porta-retrato, cujo cristal se espatifou no candelabro do centro.

Tiraram as mãos vazias dos papéis, proferindo insolências.

Mas Pintada, incansável, seguiu vasculhando gaveta por gaveta, até não deixar canto sem vasculhar.

Não perceberam o rodar silencioso de uma pequena caixa forrada de veludo cinza, que foi parar nos pés de Luis Cervantes.

Este, que via tudo com ar de profunda indiferença, enquanto Demetrio, esparramado sobre o tapete, parecia dormir, atraiu com a ponta do pé a caixinha, inclinou-se, bateu o tornozelo nela e com rapidez a levantou.

Ficou deslumbrado: dois diamantes de águas puríssimas em um engaste de filigrana. Rapidamente o escondeu em seu bolso.

Quando Demetrio despertou, Luis Cervantes lhe disse:

— Meu general, veja você que diabruras fizeram os rapazes. Não seria conveniente evitar isto?

— Não, guapo... Coitados!... É o único prazer que lhes sobra depois de colocar a barriga para as balas.

— Sim, meu general, pelo menos que não façam aqui... Veja você, isso nos desprestigia, e o que é pior, desprestigia nossa causa...

Demetrio cravou seus olhos de águia em Luis Cervantes. Bateu nos dentes com as unhas de dois dedos e disse:

— Não dê uma de justicialista... Olha, não precisa falar para mim!... Já sabemos que o seu é seu, e o meu é meu. Para você ficou a caixinha, bom; para mim o relógio.

E já os dois em muito boa harmonia, mostraram seus "saques".

Pintada e seus companheiros, entretanto, conferiam o resto da casa.

Codorniz entrou na sala com uma menininha de doze anos, já marcada por manchas acobreadas na testa e nos braços. Surpresos os dois, mantiveram-se atônitos, contemplando os montões de livros sobre o tapete, mesas e cadeiras, os espelhos dependurados com seus vidros quebrados, grandes molduras de estampas e retratos destroçados, móveis e bibelôs em pedaços. Com olhos ávidos, Codorniz buscava sua presa, suspendendo a respiração.

Lá fora, em um canto do pátio e entre a fumaça sufocante, Manteca cozinhava espigas de milho, atiçando as brasas com livros e papéis que levantavam vivas labaredas.

— Ah — gritou imediatamente Codorniz —, olha o que consegui!... Que mantas para minha égua!...

E com um puxão arrancou uma cortina de pelúcia, que caiu no chão com tudo sobre a quina finamente talhada de uma poltrona.

— Veja você... quanta velha pelada! — clamou a menininha de Codorniz, divertindo-se bastante com as figuras de um luxuoso exemplar da *Divina Comédia*. — Isto é legal, vou levar.

E começou a arrancar as gravuras que mais chamavam sua atenção. Demetrio se aproximou e tomou assento ao lado de Luis Cervantes. Pediu cerveja, estendeu uma garrafa a seu secretário, e de um só trago bebeu a sua. Logo, sonolento, fechou os olhos e voltou a dormir.

— Ouça — falou um homem a Pancracio no saguão —, a que hora se pode falar com o general?

— Não se pode falar em nenhuma; amanheceu de ressaca — respondeu Pancracio. — Que você quer?

— Que me venda um desses livros que estão queimando.

— Eu mesmo posso vendê-los.

— E por quanto você faz?

Pancracio, perplexo, franziu as sobrancelhas:

Os de baixo 113

— Pois os que sejam únicos, a cinco centavos, e os outros... dou-lhe de brinde se me comprar todos.

O interessado colocou os livros em uma cesta coletora.

— Demetrio, homem, Demetrio, acorda logo — gritou Pintada —, para de dormir como um porco gordo! Olha quem está aqui!... O loiro Margarito! Você não sabe quanto vale este loiro!

— Eu o aprecio muito, meu general Macías, e venho lhe dizer que tenho muito boa vontade e gosto muito de seus bons modos. Assim é que, se não me leva a mal, eu passo para a sua brigada.

— Que categoria você tem? — inquiriu Demetrio.

— Primeiro capitão, meu general.

— Venha, pois... Aqui faço-o major.

O loiro Margarito era um homenzinho redondo, de bigodes retorcidos, olhos azuis muito malignos que se perdiam entre as bochechas e a testa quando ria. Ex-aprendiz do Delmónico de Chihuahua ostentava agora três barras de latão amarelo, insígnias de seu grau na Divisão do Norte.

O loiro encheu Demetrio e seus homens de elogios, e isso bastou para que uma caixa de cervejas se esvaziasse em um instante.

Pintada rapidamente apareceu no meio da sala, exibindo um esplêndido traje de seda com riquíssimos bordados.

— No entanto você esqueceu as meias! — exclamou o loiro Margarito se acabando de rir.

A menina de Codorniz caiu também na gargalhada.

Porém Pintada não se abalou; fez uma cara de indiferença, atirou-se no tapete e com os próprios pés fez saltar as sapatilhas de cetim branco, movendo a seu bel prazer os dedos desnudos, intumescidos pela opressão do calçado, e disse:

— Hum, você, Pancracio!... Traga-me umas meias azuis de meus "saques".

A sala se ia enchendo de novos amigos e velhos companheiros de campanha. Demetrio, animando-se, começava a contar aos poucos algumas de suas mais notáveis façanhas.

— Mas que ruído é esse? — perguntou surpreendido pelo afinar de cordas e latões no pátio da casa.

— Meu general — disse solenemente Luis Cervantes —, é um banquete que seus velhos amigos e companheiros lhe oferecemos para celebrar o feito de armas de Zacatecas e a sua merecida ascensão a general.

III

— APRESENTO a você, meu general Macías, minha futura esposa — pronunciou enfático Luis Cervantes, fazendo entrar ao refeitório uma mulher de rara beleza.

Todos olharam para ela, que abria seus grandes olhos azuis com assombro.

Teria apenas quatorze anos; sua pele era fresca e suave como uma pétala de rosa; seus cabelos loiros e a expressão de seus olhos com algo de maligna curiosidade e muito de vago temor infantil.

Luis Cervantes reparou que Demetrio cravava seu olhar de ave de rapina nela e sentiu-se satisfeito.

Abriu-lhe um canto entre o loiro Margarito e Luis Cervantes, em frente de Demetrio.

Entre cristais, porcelanas e cântaros de flores, abundavam as garrafas de tequila.

Meco entrou suado e blasfemando, com uma caixa de cervejas nas costas.

— Vocês não conhecem todavia esse loiro — disse Pintada reparando que ele não tirava os olhos da namorada de Luis Cervantes. — Tem muita elegância, e no mundo não vi pessoa mais perfeita do que ele.

Lançou-lhe um olhar lascivo e acrescentou:

— Por isso não o posso ver nem pintado!

Rompeu a orquestra, uma magnífica marcha de touradas. Os soldados bramiram de alegria.

— Que miúdo, meu general!... juro para você que em toda a minha vida comi outro mais bem guisado — disse o loiro Margarito, e fez reminiscências do Delmónico de Chihuahua.

— Você gosta mesmo, loiro? — contestou Demetrio. — Pois que lhe sirvam até que encha.

— Esse é meu gosto — confirmou Anastasio Montañés.

— E isso é o bonito; de que eu me satisfaça com um cozido, como, como, até arrotar.

Seguiu um ruído de bocarras e grandes mordidas. Bebeu-se copiosamente.

Ao final, Luis Cervantes tomou uma taça de champanhe e ficou de pé:

—Senhor general...

— Hum! — interrompeu Pintada. — Ora, chega de discurso, e isso é coisa que me cansa muito. Vou ao curral, afinal já não há o que comer.

Luis Cervantes ofereceu o escudo de tecido preto com uma aguiazinha de latão amarelo, em um brinde que ninguém entendeu, mas que todos aplaudiram ruidosamente.

Demetrio tomou em suas mãos a insígnia de seu novo grau e, muito aceso, o olhar brilhante, reluzentes os dentes, disse com muita ingenuidade:

— E o que eu vou fazer agora com este zopilote?[50]

— Compadre — pronunciou trêmulo e em pé Anastasio Montañés —, eu não tenho o que lhe dizer...

Transcorreram minutos inteiros; as malditas palavras não queriam acudir ao chamado do compadre Anastasio. Sua cara

---

[50] Ave de rapina, conhecida em outras regiões da América como gallinazo, zamuro etc. Alude à gravação da insígnia militar.

ruborizada perolava o suor da sua testa, incrustada de sebo. Por fim resolveu terminar seu discurso:

— Pois eu não tenho que lhe dizer... apenas o que já sabe que sou seu compadre...

E como todos haviam aplaudido Luis Cervantes, o próprio Anastasio, ao acabar, deu o sinal, aplaudindo com muita gravidade.

Porém tudo ficou bem e sua lerdeza serviu de estímulo. Brindaram ao Manteca e ao Codorniz.

Chegava a vez de Meco, quando Pintada apareceu com fortes vozes de júbilo. Estalando a língua, pretendia enfiar no refeitório uma belíssima égua de um negro azeviche.

— Meu "saque"! Meu "saque"! — clamava espalmando o pescoço arqueado do soberbo animal.

A égua resistia a atravessar a porta; porém um puxão do cabresto e um golpe na anca a fizeram entrar com brio e ostentação.

Os soldados, fascinados, contemplavam com reprimida inveja a rica presa.

— Não sei o que carrega essa diaba de Pintada que sempre nos ganha os melhores "saques"! — clamou o loiro Margarito.

— Assim vocês a verão desde que se juntou a nós em Tierra Blanca.

— Epa, você, Pancracio, traga-me um terço de alfafa para minha égua — ordenou secamente Pintada.

Logo estendeu a corda a um soldado.

Mais uma vez encheram os copos e as taças. Alguns começavam a dobrar o pescoço e a revirar os olhos; a maioria gritava jubilosa.

E entre eles a mocinha de Luis Cervantes, que havia derrubado todo o vinho em um lenço, ia de uma parte à outra com seus grandes olhos azuis, cheios de assombro.

— Rapazes — gritou de pé o loiro Margarito, dominando com sua voz aguda e gutural o vozerio —, estou cansado de viver e fiquei agora com vontade de me matar. A Pintada já me fartou... e este querubinzinho do céu não quer sequer me olhar...

Luis Cervantes notou que as últimas palavras iam dirigidas à sua namorada, e com grande surpresa deu-se conta de que o pé que sentia entre os da mulher não era de Demetrio, mas do loiro Margarito.

E a indignação ferveu em seu peito.

— Atenção, rapazes — prosseguiu o loiro com o revólver no alto —; vou dar um tiro aí na frente!

E apontou ao grande espelho do fundo, de onde se via de corpo inteiro.

— Não se mova, Pintada!...

O espelho se espatifou em muitos e pontiagudos fragmentos. A bala havia passado roçando os cabelos da Pintada, que sequer pestanejou.

IV

AO ENTARDECER despertou Luis Cervantes, esfregou os olhos e aproximou-se. Encontrava-se no chão duro, entre os vasos do quintal. Perto dele respiravam ruidosamente, muito adormecidos, Anastasio Montañés, Pancracio e Codorniz.

Sentiu os lábios inchados e o nariz duro e seco; viu sangue nas mãos e na camisa, e imediatamente lembrou o que ocorreu. Logo se pôs de pé e foi até um quarto; empurrou a porta repetidas vezes, sem conseguir abri-la. Manteve-se indeciso alguns instantes.

Porque tudo era certo; estava seguro de não haver sonhado. Da mesa de jantar havia levantado com sua companheira, conduziu-a até o quarto; porém, antes de fechar a porta, Demetrio, cambaleando de bêbado, caiu atrás deles. Logo Pintada seguiu Demetrio, e começaram a lutar. Demetrio, com os olhos acesos como uma brasa e fibras cristalinas nos grossos lábios, buscava com avidez a mulher. Pintada, a fortes empurrões, fazia-o retroceder.

— O que que é!... que é?... — vociferava Demetrio irritado.

Pintada meteu a perna entre as dele, fez alavanca e Demetrio caiu para fora do quarto.

Levantou-se furioso.

— Socorro!... Socorro!... Que ele me mata!...

Pintada segurava vigorosamente o pulso de Demetrio e desviava o cano de sua pistola.

A bala se incrustou nos tijolos. Pintada seguia berrando. Anastasio Montañés chegou por trás de Demetrio e o desarmou.

Este, como touro no meio da praça, voltou seus olhos extraviados. Rodeavam-lhe Luis Cervantes, Anastasio, Manteca e muitos outros.

— Infelizes!... Me desarmaram!... Como se vocês precisassem de armas!

E abrindo os braços, em brevíssimos instantes atirou os narizes sobre o tijolo que alcançou.

E depois? Luis Cervantes não se recordava mais. Seguramente que ali tinham ficado bem sacudidos e adormecidos. Seguramente que sua namorada, por medo de tanta brutalidade, havia tomado a sábia providência de sair dali.

"Talvez esse quarto comunique-se com a sala e por ela se possa entrar", pensou.

Com seus passos despertou Pintada, que dormia perto de Demetrio, sobre o tapete e ao pé de um confidente cheio de alfafa e milho onde a égua negra jantava.

— O que está procurando? — perguntou a moça. — Ah, sim; já sei o que você quer!... Sem vergonha!... olha, prendi a sua namorada porque já não podia aguentar esse condenado

de Demetrio. Pegue a chave, está ali sobre a mesa.
Em vão Luis Cervantes procurou por todos os esconderijos da casa.
— E aí, guapo, me conta como pegou essa mulher.
Luis Cervantes, muito nervoso, seguia buscando a chave.
— Não fique ansioso, homem, já vou te dar a tal chave. Mas me conta... me divirto muito com essas coisas. Essa metidinha é igual a você... Não é pé de chinelo como nós.
— Não tenho o que contar... É minha namorada e basta.
— Há! há! há!... Sua namorada e... não! Olha, guapo, enquanto você vai eu já venho. Sou macaca velha. O Manteca e o Meco tiraram essa pobre menina de sua casa; isso eu já sabia...; mas vocês devem ter pagado por ela... alguns pares chapeados... alguma medalhinha milagrosa do Senhor da Villita[51]... Minto, guapo?... Que há, há!... O trabalho é dar com eles!... Não é?

Pintada se levantou para dar-lhe a chave; porém, também não a encontrou e se surpreendeu muito.

Esteve longo tempo pensativa.

De repente saiu correndo até a porta do dormitório, colocou um olho na fechadura e ali se manteve imóvel até que sua vista se acostumou à escuridão do quarto. Logo e sem tirar os olhos, murmurou:

— Ah, loiro... filho de um...! Aproxime-se só um pouquinho, guapo!

E se afastou, lançando uma sonora gargalhada.

— Nunca vi em minha vida homem mais perfeito que esse!

Outro dia pela manhã, Pintada esperou o momento em que o loiro saía do quarto para dar comida a seu cavalo.

— Criatura de Deus! Anda, vá para sua casa! Estes homens

---

[51] Povoado do município de Poanas, estado de Durango.

são capazes de matá-la!... Anda, corre!...

E sobre a menininha de grandes olhos azuis e semblante de virgem, que somente vestia camisola e meias, colocou a coberta asquerosa do Manteca; pegou-a pela mão e a pôs na rua.

— Bendito seja Deus! — exclamou. — Agora sim... Como amo esse loiro!

V

COMO os potros que relincham e brincam nos primeiros trovões de maio, assim vão pela serra os homens de Demetrio.

— A Moyahua, rapazes!
— À terra de Demetrio Macías.
— À terra de dom Mónico o cacique!

A paisagem se clareia, o sol mostra-se em uma faixa escarlate sobre a diafaneidade do céu.

Vão-se destacando as cordilheiras como monstros camaleônicos, de angulosa envergadura; cerros que parecem testas de colossais ídolos astecas, rostos de gigantes, caretas pavorosas e grotescas, que ora fazem sorrir, ora deixam um vago terror, algo como um pressentimento de mistério.

Encabeçando a tropa vai Demetrio Macías com seu Estado Maior: o coronel Anastasio Montañés, o tenente coronel Pancracio e os majores Luis Cervantes e o loiro Margarito.

Seguem na segunda fila Pintada e Venancio, que a galanteia com muitas gentilezas, recitando-lhe poeticamente versos desesperados de Antonio Plaza.[52]

Quando os raios do sol bordearam os parapeitos do casario, alinhados e tocando os clarins, começaram a entrar em Moyahua.

---

[52] Antonio Plaza (1833-1882), poeta mexicano liberal, nascido em Guanajuato. Sua poesia foi muito popular, como também seu livro *Album del corazón*, publicado em 1870.

Cantavam os galos a ensurdecer, ladravam com alarme os cachorros; porém, as pessoas não deram sinais de vida em parte alguma.

Pintada atiçou sua égua negra e de um salto colocou-se ombro a ombro com Demetrio. Muito orgulhosa, ostentava vestido de seda e grandes brincos de ouro; o azul pálido do vestido acentuava o pigmento azeitonado de seu rosto e as manchas acobreadas da imperfeição. De pernas abertas, sua saia se arregaçava até o joelho e viam-se suas meias deslavadas e com muitos furos. Levava revólver no peito e uma cartucheira cruzada sobre a cabeceira da sela.

Demetrio também se vestia de gala: chapéu adornado, calça de camurça com abotoadura de prata e jaqueta bordada de fio de ouro.

Começou a ouvir-se o abrir forçado das portas. Os soldados, disseminados já pelo povoado, recolhiam armas e montarias por toda a vizinhança.

— Vamos passar a manhã na casa de dom Mónico — pronunciou com gravidade Demetrio, apeando-se e estendendo as rédeas de seu cavalo a um soldado. — Vamos almoçar com dom Mónico... um amigo que me quer muito...

Seu Estado Maior ri com sorriso mal-intencionado.

E, arrastando ruidosamente as esporas pelas calçadas, encaminharam-se até um casarão pretensioso, que não podia ser senão albergue de cacique.

— Está fechado a pedra e cal — disse Anastasio Montañés empurrando com toda sua força a porta.

— Mas eu sei abrir — retrucou Pancracio aproximando prontamente seu fuzil à fechadura.

— Não, não — disse Demetrio —; toca primeiro.

Três golpes com a culatra do rifle, outros três e ninguém responde. Pancracio se revolta e não se atém mais a ordens. Dispara, solta a chapa e abre a porta.

Veem-se muitos de fraldas, pernas de crianças, todos em dispersão até o interior da casa.

— Quero vinho!... Aqui, vinho!... — pede Demetrio com voz imperiosa, dando fortes golpes sobre a mesa.

— Sentem-se, companheiros.

Uma senhora aproxima-se, logo outra e outra, e entre as saias negras aparecem cabeças de pequenos assustados. Uma das mulheres, tremendo, encaminha-se até um aparador, tirando taças e garrafas e serve vinho.

— Que armas vocês têm? — inquire Demetrio com aspereza.

— Armas?... — responde a senhora, com língua de trapo.

— Mas que armas querem vocês que tenham umas senhoras solitárias e decentes?

— Ah, solitárias!... E dom Mónico?...

— Não está aqui, senhores... Nós apenas arrendamos a casa... Ao senhor dom Mónico somente de nome o conhecemos.

Demetrio manda que se faça uma busca.

— Não, senhores, por favor... Nós mesmas vamos trazer-lhes o que temos; mas, pelo amor de Deus, não nos faltem com o respeito. Somos moças solitárias e decentes!

— E os caras? — inquire Pancracio brutalmente. — Nasceram da terra?

As senhoras desaparecem rapidamente e voltam momentos depois com uma escopeta destroçada, coberta de pó e de teias de aranha e uma pistola de molas enferrujadas e descompostas.

Demetrio sorri:

— Bom, vamos ver o dinheiro...

— Dinheiro?... Mas que dinheiro querem vocês que tenham umas pobres moças solitárias?

E voltam seus olhos suplicantes até o soldado mais próximo; porém logo os apertam com horror: viram o carrasco que está crucificando Nosso Senhor Jesus Cristo na *via crucis* da paróquia!... Viram Pancracio!...

Demetrio ordena a busca.

Ao mesmo tempo se precipitam outra vez as senhoras e em um instante voltam com uma carteira deteriorada, com uns quantos bilhetes da emissão de Huerta.

Demetrio sorri e já sem mais consideração, faz entrar sua gente.

Como cachorros famintos que farejaram sua presa, o exército penetra, atropelando as senhoras, que pretendem defender a entrada com seus próprios corpos. Umas caem desvanecidas, outras fogem; as crianças dão gritos.

Pancracio se dispõe a romper a fechadura de um grande guarda-roupa, quando as portas se abrem e de dentro salta um homem com um fuzil nas mãos.

— Dom Mónico! — exclamam surpresos.

— Homem, Demetrio!... Não me faça nada!... Não me prejudique!... Sou seu amigo, dom Demetrio!...

Demetrio Macías ri ironicamente e pergunta-lhe se aos amigos os recebe com o fuzil nas mãos.

Dom Mónico, confuso, aturdido, joga-se a seus pés, abraça-lhe os joelhos, beija-lhe os pés:

— Minha mulher!... Meus filhos!... Amigo dom Demetrio!...

Demetrio, com mão trêmula, volta a colocar o revólver na cintura. Uma sombra dolorida passou por sua memória. Uma mulher com seu filho nos braços, atravessando pelas rochas da serra à meia-noite e à luz da lua...

Uma casa ardendo...

— Vamos!... Todos para fora! — clama sombriamente.

Seu Estado Maior obedece; dom Mónico e as senhoras beijam-lhe as mãos e choram de agradecimento.

Na rua o exército está esperando alegre e gaiato a permissão do general para saquear a casa do cacique.

— Eu sei muito bem onde têm escondido o dinheiro, porém não digo — pronuncia um rapaz com um cesto debaixo do braço.

— Hum, eu já sei! — retruca uma velha que leva um saco de lixo para recolher "o que Deus lhe queira dar". — Está em um altarzinho; ali há muita tranqueira e entre as tranqueiras uma caixinha com desenhos de concha... Ali mesmo está o bom!...

— Não é certo — diz um homem —; não são tão idiotas para deixar assim a prata. A meu ver, têm-na enterrada no poço em uma bolsa de couro.

E o pessoal se movimenta, uns com cordas para fazer seus pacotes, outros com baldes; as mulheres estendem seus aventais ou a ponta de suas mantilhas, calculando o que lhes pode caber. Todos, agradecendo a Sua Divina Majestade, esperam sua boa parte do saque.

Quando Demetrio anuncia que não permitirá nada e ordena que todos se retirem, com gesto desconsolado a gente do povoado o obedece e se espalha logo; porém entre a tropa há um silencioso rumor de desaprovação e ninguém se move de seu lugar.

Demetrio, irritado, repete que vão embora.

Um jovenzinho dos últimos recrutados, com alguma aguardente na cabeça, ri e avança sem ansiedade até a porta.

Porém, antes que possa passar pela soleira da porta, um disparo instantâneo o faz cair como os touros feridos pela lança.

Demetrio, com a pistola fumegante nas mãos, imutável, espera que os soldados se retirem.

— Que se taque fogo na casa — ordenou a Luis Cervantes quando chegam ao quartel.

E Luis Cervantes, com rara solicitude, sem transmitir a ordem, encarregou-se de executá-la pessoalmente.

Quando duas horas depois a pracinha se enegrecia de fumaça e da casa de dom Mónico se alçavam enormes línguas de fogo, ninguém compreendeu o estranho proceder do general.

VI

HAVIAM se alojado em um casarão sombrio, propriedade do mesmo cacique de Moyahua.

Seus predecessores naquela chácara haviam deixado já seu rastro vigoroso no pátio, convertido em esterqueiro; nos muros, descascados até mostrar grandes manchas de adobe cru; nos pisos, demolidos pelas patas dos animais; na horta, feito um canteiro de folhas murchinhas e ramagens secas. Tropeçava-se, ao entrar, com pés de móveis, assentos e espaldares de cadeiras, tudo sujo de terra e porcaria.

Às dez da noite, Luis Cervantes bocejou muito aborrecido e disse adeus ao loiro Margarito e à Pintada, que bebiam sem descanso em um banco da praça.

Encaminhou-se ao quartel. O único quarto mobiliado era a sala. Entrou, e Demetrio, que estava estendido no chão, os olhos claros e olhando o teto, deixou de contar as vigas e voltou a cara para ele.

— É você, guapo?... O que traz?... Ande, entre, sente-se.

Luis Cervantes foi primeiro atiçar a vela, puxou logo uma poltrona sem encosto e cujo assento de vime havia sido substituído por um áspero cotense.[53] Chiaram os pés da cadeira e a égua preta da Pintada bufou, removeu-se na sombra descrevendo com sua anca redonda e lisa uma galharda curva.

Luis Cervantes se afundou no assento e disse:

— Meu general, venho prestar-lhe conta da comissão... Tá aqui...

— Cara, seu guapo... só não queria isso!... Moyahua é quase minha terra... Dirão que por isso anda alguém por aqui!... — respondeu Demetrio olhando o saco apertado de moedas que Luis lhe estendia.

Este deixou o assento para colocar-se acocorado ao lado de

---

[53] Cotense. Fibra de cânhamo cru (Santamaria).

Demetrio. Estendeu uma manta no chão e sobre ela esvaziou o saco de fidalgos[54] reluzentes como faíscas de ouro.

— Em primeiro lugar, meu general, isto só quem sabe somos você e eu... E por outro lado, já sabe que ao bom sol deve ser aberta a janela... Hoje está aparecendo pra nós; e amanhã?... Há que olhar sempre adiante. Uma bala, o disparar de um cavalo, até um ridículo resfriamento... e uma viúva e uns órfãos na miséria!... O governo? Ha! Ha! Ha!... Vai lá com Carranza, com Villa ou com qualquer outro dos chefes principais e fale pra eles de sua família... Se lhe respondem com um pontapé... onde você já sabe, é até oportuno... E fazem bem, meu general; nós não temos pegado em armas para que um tal Carranza ou um tal Villa cheguem à presidência da República; nós lutamos em defesa dos sagrados direitos do povo, pisoteados pelo vil cacique... E assim como nem Villa, nem Carranza, nem nenhum outro hão de vir pedir nosso consentimento para pagar os serviços que estão prestando à pátria, tampouco nós ternos necessidade de pedir licença a ninguém.

Demetrio sentou-se, pegou uma garrafa perto de sua cabeceira, virou e logo, inchando as bochechas, lançou uma cusparada ao longe.

— Que bicudo é você, guapo!

Luis sentiu uma vertigem. A cerveja tomada parecia ativar a fermentação da lixeira onde repousavam: um tapete de cascas de laranjas e bananas, carnosas cascas de melancia, fibrosos núcleos de mangas e bagaços de cana, tudo misturado com folhas guisadas de empanados e tudo úmido de excrementos.

Os dedos calosos de Demetrio iam e vinham sobre as brilhantes moedas uma por uma.

Reposto já, Luis Cervantes tirou um potinho de remédio e virou broches, anéis, brincos e outras muitas joias de valor.

— Olha, meu general; se, como parece, esta multidão vai

---

[54] Hidalgo. Moeda de ouro de dez pesos, criada pela Lei de 25 de março de 1905. Não existe atualmente.

seguir, se a Revolução não se acaba, nós temos já o suficiente para irmos à farra em uma temporada fora do país — Demetrio moveu a cabeça negativamente. — Você não faria isso?... Pois por que ficaríamos aqui?... Que causa defenderíamos então?

— Isso é coisa que eu não posso explicar, guapo; mas sinto que não é coisa de homens...

— Escolha, meu general — disse Luis Cervantes mostrando as joias colocadas em fila.

— Deixe tudo para você... De verdade, guapo... Veja como eu não tenho amor ao dinheiro!... Quer que lhe diga a verdade? Pois eu, contanto que não me falte o trago e em como trazer uma mocinha que me encante, sou o homem mais feliz do mundo.

— Ha, ha, ha!... Meu general!... Bom, e por que aguenta essa cobra da Pintada?

— Rapaz, guapo, estou farto; mas eu sou assim. Não consigo falar... Não tenho coragem para despachá-la... Eu sou assim, esse é meu temperamento. Olha, quando me encanta uma mulher, sou tão lacônico, que se ela não começa..., eu não me animo a nada — e suspirou. — Aí está Camila, a do ranchinho... A menina é feia; mas se visse como me enche os olhos...

— O dia que você quiser, trazemo-la, meu general.

Demetrio piscou os olhos com malícia.

— Lhe juro que a faço boa, meu general...

— Verdade, guapo?... Olha, se me faz esse favor, fica para você o relógio de bolso com tudo e corrente de ouro, já que você gosta tanto.

Os olhos de Luis Cervantes resplandeceram. Pegou o pote de remédio, já bem cheio, colocou-se em pé e, sorrindo, disse:

— Até amanhã, meu general... Que passe boa noite.

VII

— O QUE eu sei? O mesmo que vocês sabem. Disse-me o general: "Codorniz, sela seu cavalo e minha égua roxa. Vá com o guapo a uma comissão". Bom, assim foi: saímos daqui ao meio-dia e, já anoitecendo, chegamos ao ranchinho. Nos deu pousada a caolha María Antonia... Como você está bem, Pancracio... Na madrugada me despertou o guapo: "Codorniz, Codorniz, sela os animais. Deixa para mim o cavalo e volta com a égua do general outra vez para Moyahua. Dentro de um instante alcanço você". E já estava o sol alto quando chegou com Camila na sela. Desceu-a do cavalo e a montamos na égua roxa.

— Bom, e ela, que cara vinha fazendo? — perguntou alguém.

— Hum, pois não parava de falar de tão contente!...

— E o guapo?

— Calado como sempre; do jeito que é.

— Acredito — opinou com muita gravidade Venancio — que se Camila amanheceu na cama de Demetrio, foi apenas por um equívoco. Bebemos muito... Acordem!... Subiram-nos os espíritos alcoólicos à cabeça e todos perdemos o sentido.

— Que espíritos alcoólicos que nada!... Foi coisa combinada entre o guapo e o general.

— Claro! Para mim, o tal guapo não é mais que um...

— Não gosto de falar dos amigos quando não estão — disse o loiro Margarito —; porém sei sim dizer-lhes que de duas namoradas que conheceram, uma foi para... mim e a outra para o general...

E caíram na gargalhada.

Logo que Pintada se deu conta do acontecido, foi muito carinhosa consolar Camila.

— Pobrezinha de você, conta-me como aconteceu isso!
Camila tinha os olhos inchados de chorar.
— Me mentiu, me mentiu!... Foi ao rancho e me disse: "Camila, venho somente por você. Vem comigo?" Hum, diga-me se eu não teria vontade de sair com ele! De querê-lo, quero-o e quero-o muito... Olha-me tão enferma apenas por estar pensando nele! Amanhece e nem vontade de nada... Me chama minha mãe ao almoço, e tudo cresce na boca... E aquela inquietação!... E aquela inquietação!...
E começou a chorar outra vez, e para que não se ouvissem seus soluços tapava a boca e o nariz com a ponta do manto que usava.
— Olha, eu vou lhe tirar deste apuro. Não seja tonta, não chore mais. Não pense mais no guapo... Sabe o que é esse guapo?... Palavra!... Digo-lhe que somente para isso o traz o general!... Que tonta!... Bom, quer voltar para sua casa?
— Que a Virgem de Jalpa me ampare!... Me mataria minha mãe a pauladas!
— Não lhe fará nada. Vamos fazendo uma coisa. A tropa tem que sair de uma hora para outra; quando Demetrio lhe diga que se prepare para irmos, você lhe responde que tem muitas dores no corpo e que está como se tivesse apanhado, e se estica e boceja seguidamente. Logo meça sua testa e diga: "Estou ardendo em febre". Então eu digo a Demetrio que deixe nós duas, que eu fico para curá-la e que logo que esteja boa vamos alcançá-los. E o que fazemos é que eu lhe coloco em sua casa boa e sã.

VIII

JÁ O SOL se havia posto e o casario se envolvia na tristeza gris de suas ruas velhas e no silêncio de terror de seus moradores, recolhidos em muito boa hora, quando Luis Cervantes chegou à venda de Primitivo López a interromper uma farra que prometia grandes sucessos. Demetrio se embebedava ali com seus velhos camaradas. O balcão não podia conter mais gente. Demetrio, Pintada e o loiro Margarito haviam deixado lá fora seus cavalos; porém, os demais oficiais se haviam metido brutalmente com tudo e cavalgaduras. Os chapéus adornados de côncavas e colossais abas se encontravam em vai-e-vem constante; giravam as ancas dos animais, que sem cessar removiam suas finas cabeças de olhões negros, narizes palpitantes e orelhas pequenas. E na infernal algazarra dos bêbados se ouvia o bufar dos cavalos, seu rude golpe de patas na calçada e, de vez em quando, um relincho breve e nervoso.

Quando Luis Cervantes chegou, comentava-se sobre um acontecimento banal. Um paisano, com um buraco negro e sangrento na testa, estava estendido de boca para cima no meio da estrada. As opiniões, divididas no princípio, agora se unificavam sob uma justíssima reflexão do loiro Margarito. Aquele pobre diabo que jazia bem morto era o sacristão da igreja. Porém, tonto!... a culpa foi sua... Pois a quem lhe ocorre, senhor, vestir calça, jaqueta e gorrinho? Pancracio não pode ver um bem-vestido em frente dele!

Oito músicos "de sopro", as caras vermelhas e redondas como sóis, desorbitados os olhos, colocando os bofes pra fora pelos instrumentos de sopro desde a madrugada, suspendem sua atividade ao mandato de Cervantes.

— Meu general — disse este abrindo passo entre os montados —, acaba de chegar um mensageiro de urgência. Ordenam-lhe que saia imediatamente a perseguir os orozquistas.[55]

Os semblantes, escurecidos em um momento, brilharam de alegria.

— A Jalisco, muchachos! — gritou o loiro Margarito dando um golpe seco sobre o balcão.

— Acheguem-se, tapatías[56] de minha alma, que ali vou! — gritou Codorniz balançando o chapéu.

Tudo foi regozijo e entusiasmo. Os amigos de Demetrio, na excitação da bebedeira, ofereceram incorporar-se a suas filas. Demetrio não podia falar de tanta excitação. "Ah, vencer os orozquistas!... Tratar finalmente com homens de verdade!... Deixar de matar federais como se matam lebres ou perus!"

— Se eu pudesse pegar vivo Pascual Orozco — disse o loiro Margarito —, arrancava-lhe a planta dos pés e fazia-o caminhar vinte e quatro horas pela serra...

— Que, esse cara foi o que matou o senhor Madero? — perguntou Meco.

— Não — replicou o loiro com solenidade —; mas me deu uma bofetada quando fui oficial do Delmónico em Chihuahua.

— Para Camila a égua roxa — ordenou Demetrio a Pancracio, que estava já selando.

— Camila não pode ir — disse a Pintada com prontidão.

— Quem pede o seu parecer? — retrucou Demetrio com aspereza.

— Verdade, Camila, que você amanheceu com muita dor no corpo e sente-se febril agora?

— Pois eu..., pois eu..., que o diga dom Demetrio...

— Ah, que tonta!... Diz que não, diz que não... — pronunciou em seu ouvido Pintada com grande inquietude.

— Pois é que já vou cobrando decisão..., acredita?... — res-

---

[55] Partidários de Pascual Orozco (1882-1915), revolucionário nascido em Guerrero, maderista no começo, rebelde contra Madero depois, ao inculpá-lo em 1911 de não cumprir o Plano de San Luis. Posteriormente, reconheceu Huerta. Acabou exilando-se em El Paso, e morto pelos *rangers* texanos.

[56] Naturais de Guadalajara.

pondeu Camila também com voz muito baixa.

Pintada colocou-se triste e inflamaram-se as bochechas; porém não disse nada e distanciou-se para montar na égua que estava sendo selada pelo loiro Margarito.

IX

O REBULIÇO do pó, prolongado a bom trecho ao longo da estrada, rompia-se bruscamente nas massas difusas e violentas, e destacavam-se peitos inchados, crinas revoltas, narizes trêmulos, olhos ovoides, impetuosos, patas abertas e como encolhidas ao impulso da velocidade. Os homens, de rosto de bronze e dentes de marfim, olhos flamejantes, brandiam os rifles ou cruzavam-nos sobre as cabeças das montarias.

Fechando a retaguarda, e ao passo, vinham Demetrio e Camila; ela trêmula ainda, com os lábios brancos e secos; ele, mal-humorado pela insipidez da façanha. Nem como orozquistas, nem como combatentes. Uns quantos federais dispersos, um pobre diabo de padre com centenas de idealistas, todos reunidos debaixo da antiga bandeira de "Religião e Foros". O padre ficava ali balançando, pendente de uma árvore mezquite, e, no campo, um rastro de mortos que ostentavam no peito um escudinho de baeta vermelha e um letreiro: "Usurpador! O Sagrado Coração de Jesus está comigo!"

— A verdade é que eu já cobrei até demais meus salários atrasados — disse Codorniz mostrando os relógios de ouro que tiraram da casa paroquial.

— Assim se briga com gosto — exclamou Manteca intercalando insolências entre cada frase. — Já se sabe por que se arrisca o couro!

E pegava fortemente, com a mesma mão que empunhava

as rédeas, o reluzente resplendor[57] que arrancara do Divino Preso da igreja.

Quando Codorniz, muito perito na matéria, examinou cobiçosamente o "saque" de Manteca, lançou uma gargalhada solene:

— Seu resplendor é de folha de lata!...

— Por que vem carregando essa sarna? — perguntou Pancracio ao loiro Margarito, que chegava por último com um prisioneiro.

— Sabem por quê? Porque nunca vi bem a cara que faz um sujeito quando se lhe aperta uma corda no pescoço.

O prisioneiro, muito gordo, respirava fatigado; seu rosto estava incandescente, seus olhos injetados e sua testa gotejava. Traziam-no atado pelos punhos e a pé.

— Anastasio, me empresta sua corda; meu cabresto arrebenta com este cara... Porém, pensando melhor, não... Amigo federal, vou lhe matar de uma vez; vem sofrendo muito. Olha, os mezquites estão muito longe todavia, e por aqui não há telégrafo sequer para pendurar-se em algum poste.

E o loiro Margarito sacou sua pistola, pôs o cano sobre o mamilo esquerdo do prisioneiro e paulatinamente puxou o gatilho para trás.

O federal empalideceu como cadáver, sua cara se afilou e seus olhos de vidro se quebraram. Seu peito palpitava tumultuosamente e todo o seu corpo se sacudia como tomado por um grande calafrio.

O loiro Margarito manteve assim sua pistola durante segundos eternos. E seus olhos brilharam de um modo estranho e sua cara gorducha, de infladas bochechas, ardia em uma sensação de suprema voluptuosidade.

— Não, amigo federal! — disse lentamente retirando a arma e retornando-a a sua cobertura —, também não quero matá-lo... Vai me seguir como meu assistente... E verá se sou homem de mau coração!

---

[57] Auréola. (N. do T.)

E piscou malignamente seus olhos a seus imediatos.

O prisioneiro havia embrutecido; apenas fazia movimentos de deglutição; sua boca e sua garganta estavam secas.

Camila, que ficara atrás, picou a anca de sua égua e alcançou Demetrio:

— Ah, que mau homem é esse Margarito!... Se visse o que vem fazendo com um preso!

E contou o que acabava de presenciar.

Demetrio contraiu as sobrancelhas, mas nada respondeu.

Pintada chamou Camila à distância.

— Ouça, você, que fofocas leva a Demetrio?... O loiro Margarito é meu puro amor... Para que saiba!... E já sabe... o que faz com ele, faz também comigo. Estou lhe avisando!...

E Camila, muito assustada, foi reunir-se com Demetrio.

X

A TROPA acampou em uma planície perto de três casinhas alinhadas que, solitárias, recortavam seus brancos muros sobre a faixa púrpura do horizonte. Demetrio e Camila foram até elas.

Dentro do curral, um homem de camisa e calção branco, de pé, fumava com avidez um grande cigarro de palha; perto dele, sentado sobre uma laje, outro debulhava milho, esfregando espigas entre suas duas mãos, enquanto que uma de suas pernas, seca e retorcida, algo como pata de cabrito, sacudia-se a cada instante para espantar as galinhas.

— Apresse-se, Pifanio — disse o que estava parado —; já chegou o sol e ainda não pegou a água para os animais.

Um cavalo relinchou fora e os dois homens levantaram a cabeça atordoados.

Demetrio e Camila apareceram atrás do cercado do curral.

— Apenas quero alojamento para mim e para minha mulher — disse-lhes Demetrio tranquilizando-os.

E como explicara-lhes que ele era o chefe de um corpo de exército que ia pernoitar nas cercanias, o homem que estava em pé, e que era o patrão, com muita solicitude os fez entrar. E correu para pegar uma vasilha de água e uma vassoura, pronto a varrer e regar o melhor canto do celeiro para alojar decentemente a tão honoráveis hóspedes.

— Anda, Pifanio; desencilha os cavalos dos senhores.

O homem que separava grãos colocou-se trabalhosamente em pé. Vestia uns farrapos de camisa e camiseta, um trapo de calça, aberto em dois lados, cujos extremos, levantados, pendiam da cintura.

Andou, e seu passo marcou um compasso grotesco.

— Mas você pode trabalhar, amigo? — perguntou-lhe Demetrio sem deixar que ele tirasse as montarias.

— Pobre — gritou o patrão do interior do celeiro —, lhe falta a força!... Mas veja como o salário compensa!... Trabalha desde que Deus amanhece!... Quando aparece o sol..., e olhem-no, não para, todavia!

Demetrio saiu com Camila para dar uma volta pelo acampamento. A planície, de dourados pousios,[58] pelada até de arbustos, dilatava-se imensa em sua desolação. Pareciam um verdadeiro milagre os três grandes freixos em frente das casinhas, seus cumes verde-escuros, redondos e ondulados, sua folhagem rica, que descia até beijar o chão.

— Eu não sei o que sinto por aqui que me dá tanta tristeza! — disse Demetrio.

— Sim — contestou Camila —; sinto o mesmo.

Às bordas de um regato, Pifanio estava puxando rudemente a corda de um poço. Uma panela enorme tombava-se sobre um montão de erva fresca, e às póstumas luzes da tarde cin-

---

[58] Terra lavrável mas que está sem plantio para descansar durante a rotação de culturas. (N. do E.)

tilava o jorro de cristal esparramando-se na fonte. Ali bebiam ruidosamente uma vaca fraca, um pobre cavalo e um burro.
Demetrio reconheceu o peão coxo e perguntou-lhe:
— Quanto ganha por dia, amigo?
— Dezesseis centavos, patrão...
Era um homenzinho, loiro, tuberculoso, de cabelo liso e olhos azuis claros. Amaldiçoou o patrão, o rancho e a má sorte.
— Compensa bastante o salário, filho — interrompeu-lhe Demetrio com mansidão. — Renega e renega, mas trabalha e trabalha.
E virando-se para Camila.
— Sempre há outros mais capengas que nós da serra, né?
— Sim — respondeu Camila.
E seguiram caminhando.
O vale se perdeu na sombra e as estrelas esconderam-se.
Demetrio estreitou a Camila amorosamente pela cintura, e quem sabe que palavras sussurrou a seu ouvido.
— Sim — respondeu ela debilmente.
Porque já lhe ia cobrando afeição.

Demetrio dormiu mal, e muito cedo saiu da casa.
"Vai acontecer algo comigo", pensou.
Era um amanhecer silencioso e de discreta alegria. Um pássaro piava timidamente no freixo; os animais removiam os lixos dos despojos no curral; grunhia o porco sua sonolência. Assomou a tintura alaranjada do sol, e a última estrelinha se apagou.
Demetrio, passo a passo, ia ao acampamento.
Pensava em sua junta: dois bois pretos, novinhos, de dois anos de trabalho apenas, em suas duas fanegas de trabalho bem abonadas. A fisionomia de sua jovem esposa se reproduziu fielmente em sua memória: aquelas linhas doces e de

infinita mansidão para o marido, de indomáveis energias e altivez para o estranho. Porém quando pretendeu reconstruir a imagem de seu filho, foram vãos todos os seus esforços; o havia esquecido.

Chegou ao acampamento. Estendidos entre os sulcos dormiam os soldados, e misturados com eles, os cavalos derrubados, caídas as cabeças e fechados os olhos.

— Estão muito estragados os cavalos provisórios, compadre Anastasio; é bom que fiquemos descansando ao menos um dia.

— Ai, compadre Demetrio!... Que saudade já da serra! Se visse..., não acredita em mim?... porém nadinha que me animo por aqui... Uma tristeza e uma melancolia!... Quem sabe o que fará falta para alguém!...

— Quantas horas são daqui a Limão?

— Não é coisa de horas: são três jornadas muito bem feitas, compadre Demetrio.

— Se soubesse!... Quero ver minha mulher!

Não demorou muito para Pintada ir buscar Camila:

Aff, aff!... Só por isso que Demetrio já vai largá-la. A mim, a mim simplesmente me disse... Vai trazer sua mulher de verdade... E é muito bonita, muito branca... Umas bochechas rosadas!... Mas se você não quer ir, faça com que aproveitem você: têm uma criatura e você pode carregá-la...

Quando Demetrio regressou, Camila, chorando, disse-lhe tudo.

— Não dê confiança para essa louca... São mentiras, são mentiras...

E como Demetrio não foi a Limão nem voltou a lembrar-se de sua mulher, Camila esteve muito contente e Pintada tornou-se uma víbora.

XI

ANTES da madrugada saíram rumo a Tepatitlán. Dispersos pelo caminho real e pelos despojos, suas silhuetas ondulavam vagamente ao passo monótono e compassado das cavalarias, esfumaçando-se no tom perolado da lua minguante, que banhava todo o vale.
Ouvia-se muito longe o ladrar de cachorros.
— Hoje ao meio-dia chegaremos a Tepatitlán, amanhã a Cuquío, e logo..., à serra — disse Demetrio.
— Não seria bom, meu general — falou em seu ouvido Luis Cervantes —, chegar primeiro a Aguascalientes?[59]
— Que vamos fazer lá?
— Estão esgotando nossos fundos...
— Como!... Quarenta mil pesos em oito dias?
— Somente nesta semana recrutamos cerca de quinhentos homens e em adiantamentos e gratificações se foi tudo — retrucou muito baixo Luis Cervantes.
— Não; vamos direto à serra... Já veremos...
— Sim, à serra! — clamaram muitos.
— À serra!... À serra!... Não há nada como a serra.
A planície seguia oprimindo seus peitos; falaram da serra com entusiasmo e delírio, e pensaram nela como na desejada amante a quem se deixou de ver por muito tempo.
Clareou o dia. Depois, uma poeira de terra vermelha se levantou até o oriente, numa imensa cortina de púrpura incendiada.
Luis Cervantes suavizou o arreio de seu cavalo e esperou por Codorniz.
— Onde paramos, Codorniz?
— Já lhe disse, guapo: duzentos pelo relógio...
— Não, eu lhe compro um pacote: relógios, anéis e todas as joiazinhas. Quanto?

---

[59] Estado do centro do México.

Codorniz vacilou, perdeu a cor; logo disse com ímpeto:
— Me dê dois mil papéis por tudo.

Mas Luis Cervantes se traiu; seus olhos brilharam com tamanha avidez que Codorniz voltou sobre seus passos e exclamou prontamente:

— Não, mentira, não vendo nada... O relógio, e isso porque já devo os duzentos pesos a Pancracio, que à noite me ganhou outra vez.

Luis Cervantes tirou quatro resplandecentes notas de "duas carinhas" e colocou-as em mãos de Codorniz.

— De verdade — disse-lhe —, me interesso pelo pacotinho... Ninguém lhe dará mais do que eu estou lhe dando.

Quando começou a sentir o sol, Manteca gritou imediatamente:

— Loiro Margarito, seu assistente já quer morrer. Disse que já não pode andar.

O prisioneiro se havia deixado cair, exausto, no meio do caminho.

— Cala a boca! — clamou o loiro Margarito retrocedendo.
— Com que já se cansou, simpático? Pobrezinho! Vou comprar um nicho de cristal para guardá-lo em uma estante da minha casa, como Menino Jesus. Mas é necessário chegar primeiro ao povoado, e para isto vou lhe ajudar.

E tirou o sabre e descarregou sobre o infeliz repetidos golpes.

— Vamos buscar uma corda, Pancracio — disse logo, brilhantes e estranhos os olhos.

Porém como a Codorniz fizera notar que o federal já não movia nem pé nem mão, deu uma grande gargalhada e disse:

— Que bruto sou!... Agora que o ensinei a não comer!...
— Agora sim, já chegamos a Guadalajara mocinha — disse Venancio descobrindo o casario risonho de Tepatitlán, suavemente recostado em uma colina.

Entraram regozijados; das janelas surgiam rostos rosados e belos olhos negros.

As escolas converteram-se em quartéis. Demetrio se alojou na sacristia de uma capela abandonada.

Depois os soldados dispersaram-se, como sempre, em busca de "saques", um pretexto de recolher armas e cavalos.

Pela tarde, alguns da escolta de Demetrio estavam tombados no átrio da igreja coçando a barriga. Venancio, concentradíssimo, peito e costas nus, tirava as pulgas de sua camisa.

Um homem acercou-se, pedindo permissão para falar com o chefe.

Os soldados levantaram a cabeça, porém ninguém lhe respondeu.

— Sou viúvo, senhores; tenho nove filhos e não vivo mais que do meu trabalho... Não sejam ingratos com os pobres!...

— Não se aflija por mulher, tio — disse o Meco que, com um pedaço de vela, untava seus pés —; aí trazemos a Pintada, e lhe passamos o custo.

O homem sorriu amargamente.

— Tem somente uma mania — observou Pancracio, boca para cima e olhando o azul do céu —: apenas olha um homem, e logo logo se prepara.

Riram a gargalhadas; porém, Venancio, muito sério, indicou a porta da sacristia ao paisano.

Este, timidamente, entrou e expôs a Demetrio sua queixa. Os soldados acabavam de "limpá-lo". Nem um grão de milho lhe haviam deixado.

— Pois deixem — respondeu-lhe Demetrio com indolência.

Logo o homem insistiu com lamentos e choramingos, e Luis Cervantes se dispôs a jogá-lo fora insolentemente. Porém Camila interveio:

—Ande, dom Demetrio, não seja também uma alma má; dê uma ordem para que lhe devolvam seu milho!...

Luis Cervantes teve que obedecer; escreveu umas linhas, e Demetrio, ao asseverar, fez um garrancho.

— Deus lhe pague, menina!... Deus lhe há de dar de sua santíssima glória... Dez fanegas de milho, somente para comer este ano — clamou o homem, chorando de agradecimento. E tomou o papel e de todos beijou as mãos.

XII

IAM chegando já a Cuquío,[60] quando Anastasio Montañés se aproximou de Demetrio e disse-lhe:

— Nossa, compadre, nem lhe contei... Que louco é o loiro Margarito! Sabe o que ele fez ontem com esse homem que veio queixar-se de que lhe havíamos tirado seu milho para nossos cavalos? Bom, pois com a ordem que você lhe deu foi ao quartel. "Sim, amigo, lhe disse o loiro; entra; é muito justo devolver o que é seu. Entra, entra... Quantas fanegas lhe roubamos?... Dez? Mas está seguro de que não são mais do que dez?... Sim, isso é verdade; como quinze, mais ou menos... Não seriam vinte?... Lembra-se bem... Você é muito pobre, tem muitos filhos para manter. Sim, é o que digo, como vinte; devem ter sido... Entra aqui; não lhe vou dar quinze, nem vinte. Apenas vai contando... Uma, duas, três... E quando não mais quiser, diga-me: já." E tirou o sabre e lhe deu um golpe que o fez pedir misericórdia.

Pintada se caía de rir.

E Camila, sem poder conter-se, disse:

— Velho condenado, tão má índole!... Com razão não posso vê-lo!

Instantaneamente se alterou a fisionomia da Pintada.

— E o que você tem a ver com isso?

Camila teve medo e adiantou sua égua.

---

[60] Município do estado de Jalisco e cidade principal do mesmo.

Pintada disparou a sua e rapidíssima, ao passar atropelando Camila, pegou-lhe pela cabeça e desfez sua trança.

Ao puxão, a égua de Camila empinou e a moça abandonou as rédeas para tirar seus cabelos do rosto; vacilou, perdeu o equilíbrio e caiu em um pedregal, batendo a testa.

Morrendo de rir, Pintada, com muita habilidade, galopou até deter a égua que havia disparado.

— Anda, guapo, já sobrou trabalho para você! — disse Pancracio logo que viu Camila na mesma sela de Demetrio, com o rosto encharcado de sangue.

Luis Cervantes, presunçoso, acudiu com seus materiais de primeiros socorros; porém, Camila, deixando de soluçar, limpou os olhos e disse com voz apagada:

— De você?... Ainda que estivesse morrendo! Nem água!...

Em Cuquío recebeu Demetrio um mensageiro.

— Outra vez a Tepatitlán, meu general — disse Luis Cervantes passando rapidamente seus olhos pelo ofício. — Terá que deixar a gente ali, e você ir a Lagos,[61] para pegar o trem de Aguascalientes.

Houve protestos calorosos; alguns serranos juraram que não seguiriam mais na coluna, entre grunhidos, queixas e resmungos.

Camila chorou toda a noite e no outro dia, pela manhã, disse a Demetrio que lhe desse permissão para voltar a sua casa.

— Se te falta vontade!... — respondeu Demetrio áspero.

— Não é isso, dom Demetrio; vontade eu tenho e muita..., mas você tem visto... Essa mulher!...

— Não se aflija, hoje mesmo a despacho para... Já tenho bem planejado.

---

[61] Município do estado de Jalisco e cidade principal do mesmo. Cidade natal de Azuela.

Camila deixou de chorar.

Todos já estavam arrumando-se para partir. Demetrio aproximou-se de Pintada e disse-lhe com voz muito baixa:

— Você não vai mais conosco.

— Que você diz? — perguntou ela sem compreender.

— Que você fica aqui ou vai para onde quiser, mas não conosco.

— Que está dizendo? — exclamou ela com assombro. — Quer dizer que você me expulsa? Há, há, há!... Pois que... será que você anda acreditando nas fofocas dessa...!

E Pintada insultou Camila, Demetrio, Luis Cervantes e todos que lhe vieram à mente, com tamanha energia e originalidade, que a tropa ouviu injúrias e insolências que nem suspeitava sequer.

Demetrio esperou um bom tempo com paciência; mas como ela não demonstrava parar nunca, com muita calma disse a um soldado:

— Jogue fora daqui essa louca.

— Loiro Margarito! Loiro da minha vida! Vem me defender desses...! Anda, loirinho do meu coração!... Vem mostrar-lhes que você é homem de verdade e eles não são mais do que uns filhos da...!

E gesticulava, esperneava e gritava.

O loiro Margarito apareceu. Acabava de levantar-se; seus olhos azuis perdiam-se debaixo de umas pálpebras inchadas e sua voz estava rouca. Inteirou-se do sucedido e, aproximando-se de Pintada, disse-lhe com muita seriedade:

— Sim, acho ótimo que você fique bem longe de... Todos estamos fartos de você!

O rosto de Pintada empedrou-se. Quis falar, mas seus músculos estavam rígidos.

Os soldados riam divertidíssimos; Camila, muito assustada, continha a respiração.

Pintada olhou em volta. E tudo aconteceu em um abrir e fechar de olhos; inclinou-se, tirou uma lâmina aguda e brilhante que estava entre a meia e a perna e lançou-se sobre Camila.

Um grito estridente e um corpo que se cai expelindo sangue aos borbotões.

— Matem-na — gritou Demetrio fora de si.

Dois soldados avançaram sobre Pintada que, manejando o punhal, não permitiu que a tocassem.

— Vocês não, infelizes!... Mata-me você, Demetrio — adiantou-se, entregou sua arma, ergueu o peito e deixou cair os braços.

Demetrio levantou o punhal tinto de sangue; porém seus olhos nublaram-se, vacilou, deu um passo atrás.

Logo, com voz apagada e rouca, gritou:

— Suma!... Rápido!...

Ninguém se atreveu a detê-la.

Distanciou-se muda e sombria, passo a passo.

E o silêncio e a estupefação romperam a voz aguda e gutural do loiro Margarito:

— Ah, que bom!... Enfim, me livrei desse carrapato!...

XIII

No meio do corpo
uma adaga se meteu,
sem saber por quê
nem por que sei eu...
Ele sim sabia, porém eu não...

E daquela ferida mortal
muito sangue me saiu,
sem saber por quê

nem por que sei eu...
Ele sim sabia,
porém eu não...

Caída a cabeça, as mãos cruzadas sobre a montaria, Demetrio cantava com melancólica entonação a toadinha, obsessivamente.

Logo se calava; longos minutos se mantinha em silêncio e pesaroso.

— Já verá como chegando a Lagos lhe tiro essa tristeza, meu general. Ali há mocinhas bonitas para nos alegrar — disse o loiro Margarito.

— Agora só tenho vontade de ficar muito bêbado — disse Demetrio.

E distanciou-se outra vez deles, esporando seu cavalo, como se quisesse abandonar toda a sua tristeza.

Depois de muitas horas de caminhar, chamou Luis Cervantes:

— Ouça, guapo, agora que estou pensando, o que eu vou fazer em Aguascalientes?

— Dar seu voto, meu general, para presidente interino da República.

— Presidente interino?... Pois então, que... tal Carranza?... Na verdade, eu não entendo dessas políticas...

Chegaram a Lagos. O loiro apostou que essa noite faria Demetrio rir a gargalhadas.

Arrastando as esporas, as calças caídas abaixo da cintura, entrou Demetrio em "El Cosmopolita", com Luis Cervantes, o loiro Margarito e seus assistentes.

— Por que correm, guapos?... Não sabemos comer gente! — exclamou o loiro.

Os paisanos, surpreendidos na hora em que escapavam, detiveram-se; uns, dissimuladamente, regressaram a suas mesas a seguir bebendo e batendo papo, e outros, vacilantes, adiantaram-se a oferecer seus respeitos aos chefes.

— Meu general!... Muito prazer!... Senhor major!...

— Assim que se faz!... Eu gosto dos amigos assim, finos e decentes — disse o loiro Margarito.

— Vamos, rapazes — completou tirando sua pistola jovialmente —; aí vai um foguete para tourearem.

Uma bala ricocheteou no cimento, passando entre os pés das mesas e as pernas dos filhinhos de papai, que saltaram assustados como uma dama na qual lhe colocam um rato debaixo da saia.

Pálidos, sorriem para festejar devidamente ao senhor major. Demetrio desprega apenas seus lábios, enquanto todos gargalham da perna estendida.

— Loiro — observa Codorniz —, esse que vai saindo foi picado por uma vespa; olha como manca.

O loiro, sem parar pra pensar nem voltar sequer o rosto até o ferido, afirma com entusiasmo que a trinta passos de distância se mirar-lhe acerta uma garrafa de tequila.

— A ver, amigo, pare — disse ao moço da cantina. Logo, pela mão leva-o à entrada do pátio do hotel e coloca-lhe uma garrafa cheia de tequila na cabeça.

O pobre diabo resiste, quer fugir, espantado; porém o loiro prepara sua pistola e aponta.

— A seu lugar... tira-gosto! Ou realmente lhe meto uma quentinha.

O loiro volta-se à parede oposta, levanta sua arma e faz pontaria.

A garrafa rompe-se em pedaços, banhando de tequila a cara do rapaz, descolorido como um morto.

— Agora vai! — brada, correndo à cantina por uma nova garrafa, que volta a colocar sobre a cabeça do mancebo.

Retorna a seu lugar, dá uma volta vertiginosa sobre os pés, e ao mirar, dispara.
Só que agora atingiu uma orelha em vez da garrafa. E apertando estômago de tanto rir, disse ao rapaz:
— Toma, cara, estes bilhetes. É alguma coisa! Isso você tira com um pouquinho de arnica e aguardente...
Depois de beber muito álcool e cerveja, fala Demetrio:
— Pague, loiro... Eu já vou...
— Não tenho mais nada, meu general; mas não se preocupe com isso... Quanto lhe devo, amigo?
— Cento e oitenta pesos, meu chefe — responde amavelmente o cantineiro.
O loiro salta prontamente o balcão e em dois golpes derruba todos os frascos, garrafas e tudo quanto era de vidro.
— Aí você passa a conta para seu pai Villa, sabe?
— Ouça, amigo, onde fica o bairro das meninas? — pergunta, caindo de bêbado, a um sujeito pequeno, bem vestido, que está fechando a porta de uma alfaiataria.
O interpelado desce da calçada atentamente para deixar caminho. O loiro detém-se e observa-o com impertinência e curiosidade:
— Ouça, amigo, que pequenininho e que bonito você é!... Como não?... Então eu sou mentiroso?... Bom, assim eu gosto... Será que sabem dançar os anões?... Como não sabem?... Sabem bem!... Eu conheci você em um circo! Juro que sabe e muitíssimo bem!... Agora já verá!...
O loiro saca sua pistola e começa a disparar nos pés do alfaiate, que, muito gordo e muito pequeno, a cada tiro dá um saltinho.
— Tá vendo como sabem dançar os anões?
E jogando os braços nos ombros de seus amigos, se deixa conduzir até o subúrbio de gente alegre, marcando seu passo a disparos nas lâmpadas das esquinas, nas portas e nas casas do povoado.

Demetrio deixa-o e regressa ao hotel, murmurando entre os dentes:

No meio do corpo
uma adaga se meteu,
sem saber por quê
nem por que sei eu...

XIV

FUMAÇA de cigarro, odor penetrante de roupas suadas, exalações alcoólicas e o respirar de uma multidão; superlotação pior que a de um carro de porcos. Predominavam os de chapéu texano, echarpe de galão e vestidos de cáqui.

— Cavalheiros, um senhor decente roubou minha maleta na estação de Silao... As economias de toda minha vida de trabalho. Não tenho para dar de comer a meu menino.

A voz era aguda, alta e chorosa; porém extinguia-se a curta distância pelo vozerio que enchia a carroça.

— O que essa velha diz? — perguntou o loiro Margarito entrando em busca de um assento.

— Que uma maleta... que um menino decente... — respondeu Pancracio, que já havia encontrado os joelhos de uns paisanos para sentar-se.

Demetrio e os demais abriam passo a cotoveladas. E como os que suportavam Pancracio preferiram abandonar os assentos e seguir de pé, Demetrio e Luis Cervantes os aproveitaram contentes.

Uma senhora que vinha em pé desde Irapuato[62] com um menino nos braços sofreu um desmaio. Um paisano adian-

---

[62] Município do estado de Guanajuato e cidade principal do mesmo.

tou-se para tomar em suas mãos a criança. O resto se deu por desentendido: as fêmeas da tropa ocupavam dois ou três assentos cada uma com maletas, cachorros, gatos e papagaios. Ao contrário, os de chapéu texano riram muito do vigor dos músculos e frouxidão de peitos da desmaiada.

— Cavalheiros, um senhor decente roubou minha maleta na estação de Silao... As economias de toda minha vida de trabalho... Não tenho agora nem para dar de comer a meu menino...

A velha fala depressa e automaticamente suspira e soluça. Seus olhos, muito vivos, voltam-se a todos os lados. E aqui recolhe um bilhete, e mais ali outro. Chovem em abundância. Acaba uma coleta e adianta alguns assentos:

— Cavalheiros, um senhor decente roubou minha maleta na estação de Silao...

O efeito de suas palavras é seguro e imediato.

— Um senhor decente! Um senhor decente que rouba uma maleta! Isso é inqualificável! Isso desperta um sentimento de indignação geral. Oh, é uma lástima que esse senhor decente não esteja à mão para que o fuzilem cada um dos generais que vão ali!

— Porque para mim não há coisa que dê tanta coragem como um guapo ladrão — diz alguém, estourando de indignação.

— Roubar uma pobre senhora!

— Roubar uma infeliz mulher que não pode se defender!

E todos manifestam o enternecimento de seu coração, de palavras e de obra: uma insolência para o ladrão e um bilhete de cinco pesos à vítima.

— Eu, na verdade lhes digo, não creio que seja ruim matar, porque quando alguém mata faz sempre com coragem; mas roubar?... — brada o loiro Margarito.

Todos parecem concordar ante tão graves razões; porém, traz breve silêncio e momentos de reflexão. Um coronel aventura seu parecer:

— A verdade é que tudo tem seus motivos. Por que digo isso? A pura verdade é que eu tenho roubado... e se digo que todos os que viemos aqui temos feito o mesmo, creio que não falo mentiras...

— Hum, as máquinas de costurar que eu roubei no México! — exclamou com ânimo um major. — Juntei mais de quinhentos pesos com o que vendi, até cinquenta centavos cada máquina.

— Eu roubei em Zacatecas uns cavalos tão finos, que disse cá para mim: "O que é desse feito já lhe armou, Pascual Mata; não se aflija por nada nos dias de vida que lhe restam" — disse um capitão desmiolado e já branco de cabelos. — O ruim foi que meus cavalos agradaram a meu general Limón e ele roubou-os de mim.

— Bom! Para que negar, afinal! Eu também já roubei — afirmou o loiro Margarito —; porém aqui estão meus companheiros que digam o que fiz com a grana. Isso sim, gosto de gastar tudo com as amizades. Para mim é muito melhor ficar bêbado com todos os amigos do que mandar um centavo às velhas da minha casa...

O tema do "eu roubei", ainda que parecesse inesgotável, ia extinguindo-se quando em cada banco jogavam todos de cartas abertas, o que atraía a chefes e oficiais como luz aos mosquitos.

Os casos do jogo rápido esquentam mais e mais o ambiente. Eles absorvem tudo; respiram o quartel, o cárcere, o bordel e até a pocilga.

E, dominando o barulho geral, escuta-se ali na outra carroça:

— Cavalheiros, um senhor decente roubou minha maleta...

As ruas de Aguascalientes se haviam convertido em lixeiras. As pessoas de cáqui moviam-se, como as abelhas na boca de uma colmeia, nas portas dos restaurantes, bodegas e pousadas, nas mesas de gororobas e colocadas ao ar livre, donde ao lado de uma bandeja de torresmos rançosos aparecia um montão de queijos imundos.

O cheiro das frituras abriu o apetite de Demetrio e seus acompanhantes. Penetraram à força de empurrões em uma pensão, e uma velha desgrenhada e asquerosa serviu-lhes em pratos de barro ossos de porcos nadando em um caldinho claro de pimenta e três tacos amolecidos e queimados. Pagaram dois pesos por cada um, e ao sair Pancracio assegurou que tinha mais fome que antes de ter entrado.

— Agora sim — disse Demetrio —: vamos tomar um conselho com meu general Natera.

E seguiram uma rua até a casa que ocupava o chefe nortista.

Um revolto e agitado grupo de pessoas deteve a passagem deles em uma esquina. Um homem que se perdia entre a multidão clamava em um tonzinho e com acento suntuoso algo que parecia uma oração. Acercaram-se até descobri-lo. O homem, de camisa e calça branca, repetia: "Todos os bons católicos que rezem com devoção esta oração a Cristo Crucificado se verão livres de tempestades, de pestes, de guerras e de fomes..."

— Este sim acertou — disse Demetrio sorrindo.

O homem agitava no alto um punhado de folhetos e dizia:

— Cinquenta centavos a oração a Cristo Crucificado, cinquenta centavos...

Logo desaparecia um instante para levantar-se novamente com um canino de víbora, uma estrela do mar, um esqueleto de peixe. E com o mesmo acento rezadeiro, ponderava as propriedades medicinais e raras virtudes de cada coisa.

Codorniz, que não tinha fé em Venancio, pediu ao vendedor que lhe extraísse um molar; o loiro Margarito comprou a polpa de certo fruto que tem a propriedade de livrar seu possuidor tão bem do raio como de qualquer inimigo, e Anastasio Montañés uma oração a Cristo Crucificado, que cuidadosamente dobrou e com grande piedade guardou no peito.

— Certo como há Deus, companheiro; segue a bola! Agora Villa contra Carranza! — disse Natera.

E Demetrio, sem responder-lhe, com os olhos muito abertos, pedia mais explicações.

— Quer dizer — insistiu Natera —, que a Convenção[63] desconhece Carranza como primeiro chefe e vai eleger um presidente interino da República... Entende, companheiro?

Demetrio inclinou a cabeça em sinal de assentimento.

— O que você diz disso, companheiro? — interrogou Natera.

Demetrio sacudiu os ombros.

— Se trata, pelo que parece, de seguir brigando. Bom, pois que continue; já sabe, meu general, da minha parte não há dúvida.

— Bem, e de parte de quem se vai colocar?

Demetrio, muito perplexo, levou as mãos aos cabelos e coçou-se por breves instantes.

— Olha, não me faça perguntas que não sou estudante... A aguiazinha que trago no chapéu você que me deu... Bom, pois já sabe que apenas me diz: "Demetrio, faz isto e isto... e se acabou a história!"

---

[63] Reunião de revolucionários em Aguascalientes, em 1914, que tirou Carranza e Villa de suas funções respectivas, Primeiro Chefe e Chefe da Divisão do Norte, e que nomeou como presidente interino Eulalio Gutiérrez.

TERCEIRA PARTE

I

"El Paso, Texas, maio 16 de 1915.

MUITO estimado Venancio:
Apenas agora posso responder sua carta de janeiro do corrente ano devido a que minhas atenções profissionais absorvem todo o meu tempo. Recebi em dezembro passado, como você sabe. Lamento a sorte de Pancracio e do Manteca; porém não me estranha que depois de uma partida de cartas se tenham apunhalado. Lástima: eram uns valentes! Sinto na alma não poder comunicar-me com o loiro Margarito para fazer-lhe presente minha felicitação mais calorosa, pois o ato mais nobre e mais bonito de sua vida foi esse... o de suicidar-se!

Me parece difícil, amigo Venancio, que você possa obter o título de médico que ambiciona tanto aqui nos Estados Unidos, por mais que tenha reunido suficiente ouro e prata para comprá-lo. Eu tenho-lhe estimação, Venancio, e creio que é muito digno de melhor sorte. Agora bem, ocorre-me uma ideia que poderia favorecer nossos mútuos interesses e as ambições justas que você tem por trocar de posição social. Se você e eu nos associássemos, poderíamos fazer um negócio muito bonito. Certo que no momento eu não tenho fundos de reserva, porque tudo esgotei com meus estudos e minha admissão; mas conto com algo que vale muito mais que o dinheiro: meu conhecimento específico nesta área, de suas necessidades e dos negócios seguros que podem alcançar êxito. Poderíamos fundar um restaurante puramente mexicano, com você aparecendo como o proprietário e repartindo entre nós os lucros no fim de cada mês. Ademais, algo relativo ao que tanto nos interessa: sua mudança de esfera social. Eu me recordo que você toca violão bastante bem, e acredito que seja fácil, por meio de minhas recomendações e dos seus conhecimentos musicais, conseguir ser admitido como membro do Exército da Salvação, sociedade respeitabilíssima que lhe daria muito prestígio.

Não vacile, querido Venancio; venha com os fundos e podemos ficar ricos em muito pouco tempo. Dê minhas recordações afetuosas ao general, a Anastasio e aos demais amigos.

Seu amigo que o aprecia, *Luis Cervantes*."

Venancio acabou de ler a carta pela centésima vez, e, suspirando, repetiu seu comentário:

— Este guapo realmente a soube fazer!

— Porque o que eu não consigo entender — observou Anastasio Montañés — é isso de que tenhamos que seguir pelejando... Pois não acabamos já com a Federação?

Nem o general nem Venancio responderam; porém aquelas palavras seguiram golpeando em seus rudes cérebros como um martelo sobre a bigorna.

Subiam a costa, ao passo largo de suas mulas, pensativos e cabisbaixos. Anastasio, inquieto e tenaz, foi com a mesma observação a outros grupos de soldados, que riam de sua simplicidade. Porque se um traz um fuzil nas mãos e as cartucheiras cheias de tiros, seguramente que é para pelejar. Contra quem? Em favor de quem? Isso nunca importou a ninguém!

A poeira ondulosa e interminável se prolongava pelas opostas direções da vereda, em um formigueiro de chapéus de palma, velhos uniformes sujos, mantas mofadas e o negro movediço das cavalarias.

As pessoas ardiam de sede. Nem um charco, nem um poço,

nem um arroio com água por todo o caminho. Uma nuvem de fogo se levantava das brancas estepes de um estreito, palpitava sobre as crespas cabeças dos huizaches e as glaucas pencas dos nopales.[64] E como uma brincadeira, as flores dos cactos se abriam frescas, carnosas e acesas umas, afiladas e diáfanas outras.

Tropeçaram ao meio-dia com uma cabana presa aos penhascos da serra; logo, com três casebres irrigados sobre as margens de um rio de areia calcinada; porém, tudo estava silencioso e abandonado. À proximidade da tropa, as pessoas corriam para se esconder nas barracas.

Demetrio indignou-se:

— Quantos descobrirem escondidos ou fugindo, peguem e tragam-nos, ordenou a seus soldados com voz desafinada.

— Como!... Que diz? — exclamou Valderrama surpreendido. — Aos serranos? A esses audaciosos que não imitaram as galinhas que agora se aninham em Zacatecas e Aguascalientes? Aos nossos irmãos que desafiam as tempestades aderidas às suas rochas como a madrepérola? Protesto!... Protesto!...

Fincou as esporas nos flancos de seu mísero pangaré e foi alcançar o general.

— Os serranos — disse-lhe com ênfase e solenidade — são carne de nossa carne e ossos de nossos ossos... "Os ex osibus meis et caro de carne mea"... Os serranos estão feitos de nossa madeira... Dessa madeira firme com que se fabricam os heróis...

E com uma confiança tão intempestiva como valente, deu um golpe com seu punho fechado sobre o peito do general, que sorriu com benevolência.

Valderrama, vagabundo, louco e um pouco poeta, sabia o que dizia?

Quando os soldados chegaram a um rancho e agruparam-se com desespero em torno de casas e cabanas vazias, sem encon-

---

[64] Planta cactácea que frutifica em touça.

trar um taco duro, nem uma pimenta podre, nem uns grãos de sal para colocar na tão indigesta carne fresca bovina, eles, os irmãos pacíficos, desde seus esconderijos, alguns com a impassibilidade pétrea dos ídolos astecas, outros mais humanos, com um sórdido sorriso em seus lábios untados e sem barba, viram como aqueles homens ferozes, que um mês antes fizeram estremecer de espanto suas míseras e retiradas casas, agora saíam de suas cabanas, de onde os fogões estavam apagados e as jarras secas, abatidos, com a cabeça caída e humilhados como cães a quem se arroja de sua própria casa a pontapés.

Porém o general não deu contraordem e alguns soldados levaram-lhe quatro fugitivos bem amarrados.

II

— POR QUE vocês se escondem? — interrogou Demetrio aos prisioneiros.

— Não nos escondemos, meu chefe; seguimos nosso caminho.

— Para onde?

— Para nossa terra... Nome de Deus, Durango.

— Esse é o caminho de Durango?

— Pelos caminhos não pode transitar gente pacífica agora. Você sabe, meu chefe.

— Vocês não são pacíficos; vocês são desertores. De onde vêm? — prosseguiu Demetrio observando-os com olhar penetrante.

Os prisioneiros se atrapalharam, olhando-se perplexos sem encontrar pronta resposta.

— São carranclanes![65] — notou um dos soldados.

---

[65] Designação depreciativa dos partidários de Carranza.

Aquilo devolveu instantaneamente a inteireza aos prisioneiros. Não existia mais para eles o terrível enigma que desde o princípio se formulou com aquela tropa desconhecida.

— Carrancistas nós? — contestou um deles com altivez. — Melhor porcos!...

— Na verdade, sim, somos desertores — disse outro —; abandonamos meu general Villa deste lado de Celaya,⁶⁶ depois da esfolada que nos deram.

— Derrotado o general Villa?... Há!, há!, há!... Os soldados riram a gargalhadas.

Porém, Demetrio contraiu a testa como se algo muito terrível tivesse passado por seus olhos.

— Não nasce, todavia, o filho da... que derrote meu general Villa! — clamou com insolência um veterano de cara acobreada com uma cicatriz da testa até a barba.

Sem emudecer, um dos desertores ficou olhando-o fixamente e disse:

— Conheço você. Quando tomamos Torreón, você andava com meu general Urbina. Em Zacatecas vinha já com Natera e ali se juntou com os de Jalisco... Minto?

O efeito foi brusco e definitivo. Os prisioneiros puderam então dar uma detalhada relação da tremenda derrota de Villa em Celaya.

Escutaram-nos em um silêncio de estupefação.

Antes de restabelecer a marcha acenderam o fogo onde assar carne de touro. Anastasio Montañés, que buscava lenhas entre os huizaches, descobriu ao longe e entre as rochas a cabeça tosada do cavalo de Valderrama.

---

⁶⁶ Município do estado de Guanajuato e cidade principal do mesmo. No texto se alude à derrota de Villa em 1915.

— Venha já, louco, que ao final não houve pozole!...[67] — começou a gritar.

Porque Valderrama, poeta romântico, sempre que de fuzilar se falava, sabia perder-se longe e durante todo o dia.

Valderrama ouviu a voz de Anastasio e deve ter se convencido de que os prisioneiros ficaram em liberdade, porque momentos depois estava perto de Venancio e de Demetrio.

— Já sabe as novas? — disse-lhe Venancio com grande seriedade.

— Não sei nada.

— Muito sérias! Um desastre! Villa derrotado em Celaya por Obregón. Carranza triunfando por todas as partes. Estamos arruinados!

O gesto de Valderrama foi desdenhoso e solene como de imperador:

— Villa?... Obregón?... Carranza?... X... Y... Z...! Que diferença faz pra mim?... Amo a revolução como amo ao vulcão que irrompe! Ao vulcão porque é vulcão; à Revolução porque é Revolução!... Porém as pedras que ficam acima ou abaixo, depois do cataclismo, que me importam?...

E como ao brilho do sol de meio-dia reluzira sobre sua testa o reflexo de uma branca garrafa de tequila, voltou ancas e com a alma cheia de regozijo se lançou até o portador de tamanha maravilha.

— Gosto desse louco — disse Demetrio sorrindo —, porque às vezes diz umas coisas que fazem pensar.

Restabeleceu-se a marcha, e o desgosto se traduziu em um silêncio lúgubre. A outra catástrofe vinha realizando-se calada, porém infalivelmente. Villa derrotado era um deus caído. E os deuses caídos nem são deuses nem são nada.

Quando Codorniz falou, suas palavras foram fiel tradução do sentimento comum:

— Pois agora sim, rapazes... cada aranha por sua teia!...

---

[67] Espuma: guisado feito à base de ferver o milho até ficar uma sopa líquida espumosa.

III

AQUELE povoadozinho, como algumas congregações, fazendas e ranchos, esvaziou-se em Zacatecas e Aguascalientes. Portanto, a descoberta de um barril de tequila por um dos oficiais foi acontecimento da magnitude do milagre. Guardou-se profunda reserva, fez-se muito mistério para que a tropa saísse outro dia, de madrugada, ao mando de Anastasio Montañés e de Venancio; e quando Demetrio despertou ao som da música, seu Estado Maior, agora integrado em sua maior parte por jovens e federais, deu-lhe a notícia do descobrimento, e Codorniz, interpretando os pensamentos de seus colegas, disse reforçadamente:

— Os tempos são maus e há que se aproveitar, porque "se há dias em que nada o pato, há dias em que nem água bebe".

A música de corda tocou todo o dia e fizeram honras solenes ao barril; porém Demetrio esteve muito triste, "sem saber por quê, nem por que sei eu", repetindo entre os dentes e a cada instante seu estribilho.

Pela tarde houve rinhas de galos. Demetrio e seus principais chefes sentaram-se embaixo da cobertura do portalzinho municipal, em frente a uma praça imensa, povoada de ervas, um quiosque antigo e apodrecido e as casas de tijolos solitárias.

— Valderrama! — chamou Demetrio, afastando tediosamente os olhos da pista. — Venha cantar para mim *El enterrador*.

Porém Valderrama não o ouviu, porque em vez de assistir à briga monologava extravagante, olhando o sol colocar-se atrás das montanhas, dizendo com voz enfática e gesto solene:

— "Senhor, Senhor, bom é que estejamos aqui!... Levantarei três tendas, uma para você, outra para Moisés e outra para Elias."

— Valderrama! — tornou a gritar Demetrio. — Canta para mim *El enterrador*.

— Louco, meu general fala com você — chamou-o mais perto um dos oficiais.

E Valderrama, com seu eterno sorriso de complacência nos lábios, acudiu então e pediu aos músicos um violão.

— Silêncio! — gritaram os jogadores.

Valderrama deixou de afinar. Codorniz e Meco já soltavam na areia um par de galos amarrados de largos e afiadíssimos esporões. Um era retinto, com bonitos reflexos de obsidiana; o outro, giro,[68] de penas como escamas de cobre irisado a fogo.

A luta foi brevíssima e de uma ferocidade quase humana. Como movidos por uma mola, os galos lançaram-se ao encontro. Seus pescoços crespos e encurvados, os olhos como corais, eretas as cristas, crispadas as patas, um instante se mantiveram sem tocar o chão sequer, confundidas suas plumagens, bicos e garras em um só; o retinto se desprendeu e foi lançado patas acima mais para lá da raia. Seus olhos de cinabre, vermelhos, apagaram-se, cerraram-se lentamente suas pálpebras encouradas, e suas plumas esponjadas estremeceram-se convulsas em um charco de sangue.

Valderrama, que não reprimiu um gesto de violenta indignação, começou a acalmar-se. Com os primeiros acentos graves dissipou sua cólera. Brilharam seus olhos como esses olhos de onde resplandece o brilho da loucura. Vagando seu olhar pela praça, pelo arruinado quiosque, pelo velho casario, com a serra ao fundo e o céu incendiado como leito, começou a cantar.

Soube dar tanta alma a sua voz e tanta expressão às cordas de sua viola, que, ao terminar, Demetrio virou a cara para que não vissem seus olhos.

Porém Valderrama jogou-se em seus braços, estreitou-o fortemente e, com aquela confiança súbita que todo mundo

---

[68] Denominação do galo de penas amarelas nas asas e pretas no corpo.

sabia ter em um dado momento, disse-lhe ao ouvido:
— Engula-as! ... Essas lágrimas são muito belas!
Demetrio pediu a garrafa e estendeu-a a Valderrama.

Valderrama liquidou com avidez a metade, quase de uma sorvida; logo se voltou aos concorrentes e, tomando uma atitude dramática e sua entonação declamatória, exclamou com os olhos rasos:

— E eis aí como os grandes prazeres da Revolução se resolviam em uma lágrima!...

Depois seguiu falando louco, mas louco de tudo, com as ervas empoeiradas, com o quiosque apodrecido, com as casas cinzas, com a serra altiva e com o céu incomensurável.

IV

APARECEU Juchipila ao longe, branca e banhada de sol, em meio à folhagem, ao pé de uma serra elevada e soberba, pregada como turbante.

Alguns soldados, olhando as torrezinhas de Juchipila, suspiraram com tristeza. Sua marcha pelos cânions era agora a marcha de um cego sem guia; sentia-se já a amargura do êxodo.

— Esse povoado é Juchipila? — perguntou Valderrama.

Valderrama, no primeiro período da primeira bebedeira do dia, veio contando as cruzes disseminadas por caminhos e veredas, nos escarpados das rochas, nos atalhos dos regatos, nas margens do rio. Cruzes de madeira negra recém-envernizada, cruzes forjadas com duas lenhas, cruzes de pedras amontoadas, cruzes pintadas com cal nas paredes destruídas, humildíssimas cruzes traçadas com carvão sobre o canto das penhas. O rastro de sangue dos primeiros revolucionários de 1910, assassinados pelo governo. Já à vista de Juchipila, Valderrama coloca o pé na terra, inclina-se, dobra o joelho e gravemente beija o solo. Os soldados passam sem se deter. Uns riem do louco e outros falam alguma gracinha para ele.

Valderrama, sem ouvir ninguém, reza sua oração solenemente:

— Juchipila, berço da Revolução de 1910, terra bendita, terra regada com sangue de mártires, com sangue de sonhadores... dos únicos bons! ...

— Porque não tiveram tempo de ser maus — completa a frase brutalmente um oficial ex-federal que vai passando.

Valderrama interrompe, reflete, franze a sobrancelha, lança uma sonora gargalhada que ressoa pelas penhas, monta e corre atrás do oficial a pedir-lhe um trago de tequila.

Soldados mancos, coxos, reumáticos e asmáticos falam mal de Demetrio. Forasteiros pondo banca fazem pose com barras de latão no chapéu, antes de saber sequer como se pega um fuzil, enquanto que o veterano experimentado em cem combates, inútil já para o trabalho, o veterano que começou de soldado raso, soldado raso é, todavia.

E os poucos chefes que ficam, camaradas velhos de Macías, indignam-se também porque cobrem as baixas do Estado Maior com senhorezinhos de capital, perfumados e enfeitados.

— Porém, o pior de tudo — diz Venancio — é que estamos enchendo-nos de ex-federais.

O mesmo Anastasio, que de ordinário encontra muito bem feito tudo o que seu compadre Demetrio faz, agora, em causa comum com os descontentes, exclama:

— Olhem, companheiros, eu sou muito sincero... e eu digo a meu compadre que se teremos sempre aqui os federais, andamos mal... De verdade! Por que não acreditam em mim?... Porém, não tenho papas na língua e pela vida da mãe que me pariu que digo a meu compadre Demetrio.

E disse-lhe. Demetrio o escutou com muita benevolência, e logo que acabou de falar, respondeu-lhe:

— Compadre, é certo o que você diz. Andamos mal: os soldados falam mal das classes, as classes dos oficiais e os nossos oficiais... E estamos já para despachar Villa e Carranza à... para que se divirtam sozinhos... Mas parece que o que nos acontece é o mesmo que acontece com aquele peão de Tepatlán. Lembra, compadre? Não parava de resmungar de seu patrão, mas também não parava de trabalhar. E assim estamos nós: a renega e renega e a mate-nos e mate-nos... Mas isso não precisa dizer, compadre...

— Por quê, compadre Demetrio?...

— Pois eu não sei... Porque não... me entende? O que se precisa fazer é dar ânimo à gente. Recebi ordens de regressar para deter uma partida que vem por Cuquío. Dentro de muito pouquinhos dias teremos que nos encontrar com os carranclanes, e é bom pegá-los agora até por debaixo da língua.

Valderrama, o vagabundo dos caminhos reais, que se incorporou à tropa um dia, sem que ninguém soubesse exatamente quando nem onde, pescou algo das palavras de Demetrio, e como não há louco que coma fogo, esse mesmo dia desapareceu como chegou.

V

ENTRARAM nas ruas de Juchipila quando os sinos da igreja dobravam alegres, ruidosos, e com aquele seu timbre peculiar que fazia palpitar de emoção a toda a gente dos cânions.

— Sinto, compadre, como se estivéssemos ali naqueles tempos quando apenas ia começando a Revolução, quando chegávamos a um povoadozinho e tocavam muito para nós, e saía gente a nos encontrar com músicas, com bandeiras, e nos jogavam muitos vivas e até foguete soltavam para nós — disse Anastasio Montañés.

— Agora já não nos querem — retrucou Demetrio.

— Sim, já nos vamos de derrotados! — observou Codorniz.

— Não é por isso... Aos outros não podem ver nem pintados.

— Mas como nos hão de querer, compadre?

E não falaram mais.

Desembocavam em uma praça, frente à igreja octogonal, tosca e maciça, reminiscência de tempos coloniais.

A praça deve ter sido jardim, a julgar por seus laranjais secos e miseráveis, misturados com restos de bancos de ferro e madeira.

Voltou a escutar-se o sonoro e alegre repique. Logo, com melancólica solenidade, escaparam do interior do templo as vozes melífluas de um coro feminino. Aos acordes de uma guitarra, as donzelas do povoado cantavam os "Mistérios".

— Que festa tem agora, senhora? — perguntou Venancio a uma velhinha que a todo correr se encaminhava até a igreja.

— Sagrado Coração de Jesus! — respondeu a beata meio afogando-se.

Lembraram de que fazia um ano já da tomada de Zacatecas. E todos se puseram mais tristes ainda.

Igual aos outros povoados que vinham percorrendo desde Tepic, passando por Jalisco, Aguascalientes e Zacatecas, Juchipila era uma ruína. O rastro negro dos incêndios via-se nas casas destelhadas, nos parapeitos incendiados. Casas fechadas; e uma ou outra loja que permanecia aberta era como por sarcasmo, para mostrar seus desnudos armazéns, que recordavam os brancos esqueletos dos cavalos disseminados por todos os caminhos. A máscara pavorosa da fome estava já nas caras terrosas das pessoas, em chama luminosa de seus olhos que, quando se detinham sobre um soldado, queimavam com o fogo da maldição.

Os soldados percorrem em vão as ruas em busca de comida

e mordem a língua ardendo de raiva. Apenas uma pensão está aberta e em seguida aperta-se. Não há feijões, não há fritadas: pura pimenta picada e sal comum. Em vão os chefes mostram seus bolsos arrebentando de bilhetes ou demonstram-se ameaçadores.

— Papéis, sim!... Isso vocês nos trouxeram!... Pois engulam isso!... — diz a dona, uma velhota insolente com uma enorme cicatriz na cara, que conta que "já dormiu na esteira do morto para não morrer de susto".

E na tristeza e desolação do povoado, enquanto cantam as mulheres no templo, os passarinhos não cessam de piar nos arvoredos, nem o canto dos rouxinóis se deixa de ouvir nas ramas secas dos laranjais.

VI

A MULHER de Demetrio Macías, louca de alegria, saiu a encontrá-lo pela vereda da serra, levando pela mão o menino.

Quase dois anos de ausência!

Abraçaram-se e permaneceram mudos; ela embargada pelos soluços e as lágrimas.

Demetrio, pasmado, via a sua mulher envelhecida, como se dez ou vinte anos houvessem transcorrido já. Logo olhou o menino, que cravava nele seus olhos com assombro. E seu coração deu um salto quando reparou na reprodução das mesmas linhas de aço de seu rosto e no brilho flamejante de seus olhos. E quis atraí-lo e abraçá-lo; mas o pequeno, muito assustado, refugiou-se no colo da mãe.

— É seu pai, filho!... É seu pai!...

O menino metia a cabeça entre as pregas da saia e mantinha-se arisco.

Demetrio, que havia dado seu cavalo ao assistente, caminhava a pé e pouco a pouco com sua mulher e seu filho pela abrupta vereda da serra.

— Agora sim, bendito seja Deus que já vieste!... Nunca mais nos deixará! Não é verdade? Verdade que você vai ficar com a gente?...

A face de Demetrio entristeceu-se.

E os dois estiveram silenciosos, angustiados.

Uma nuvem negra levantava-se atrás da serra e ouviu-se um trovão surdo. Demetrio afogou um suspiro. As lembranças vertiam da sua memória como uma colmeia.

A chuva começou a cair em grossas gotas e tiveram que se refugiar em uma caverna rochosa.

O aguaceiro se desatou com estrondo e sacudiu as brancas flores de São João, punhados de estrelas presos nas árvores, nas penhas, entre o bosque, nos cactos e em toda a cordilheira.

Abaixo, no fundo do cânion e através da gaze da chuva, olhavam-se as palmas retas e arcadas; lentamente balançavam suas cabeças angulosas e ao sopro do vento despregavam-se em leques. E tudo era serrania: ondulações de colinas que sucedem colinas, mais colinas circundadas de montanhas e estas encerradas em uma muralha de serra de cumes tão altos que seu azul se perdia no safira.

— Demetrio, por Deus!... Não vá mais!... O coração me avisa que agora vai acontecer alguma coisa com você!...

E se deixa sacudir novamente pelo pranto.

O menino, assustado, chora a gritos, e ela tem que conter sua tremenda dor para conformá-lo.

A chuva vai cessando; uma andorinha de prateado ventre e asas angulosas cruza obliquamente os fios de cristal, de repente iluminados pelo sol vespertino.

— Por que pelejam agora, Demetrio?

Demetrio, as sobrancelhas muito juntas, pega distraído uma pedrinha e lança-a ao fundo do cânion. Mantém-se pensativo vendo o desfiladeiro, e diz:

— Olha essa pedra como não para mais...

VII

FOI UMA verdadeira manhã de núpcias. Havia chovido na véspera toda a noite e o céu amanhecia coberto de brancas nuvens. Pelo cume da serra trotavam potrinhos brutos de crinas elevadas e rabos tensos, com a elegância dos picos que levantam sua cabeça até beijar as nuvens.

Os soldados caminham pelo abrupto penhasco contagiados pela alegria da manhã. Ninguém pensa na astuta bala que pode estar esperando mais adiante. A grande alegria da partida apoia-se cabalmente no imprevisto. E por isso os soldados cantam, riem e falam loucamente. Em sua alma agita-se a alma das velhas tribos nômades. Não importa saber para onde vão e de onde vêm; o necessário é caminhar, caminhar sempre, não estacionar jamais; serem donos do vale, das planícies, da serra e de tudo o que a vista abarca.

Árvores, cactos e samambaias, tudo aparece acabado de lavar. As rochas, que mostram seu ocre como a ferrugem das velhas armaduras, vertem grossas gotas de água transparente.

Os homens de Macías fazem silêncio um momento. Parece que escutaram um ruído conhecido: o estalar longe de um foguete; mas passam alguns minutos e nada se volta a ouvir.

— Nesta mesma serra — diz Demetrio —, eu, somente com vinte homens, dei mais de quinhentas baixas aos federais.

E quando Demetrio começa a se referir àquele famoso feito de armas, as pessoas se dão conta do grave perigo que está ocorrendo. E se o inimigo, em vez de estar a dois dias de caminho ainda, estivesse escondido entre os bosques daquele formidável barranco, por cujo fundo se aventurou? Mas quem seria capaz de revelar seu medo? Quando os homens de Demetrio disseram: "Por aqui não caminhamos"?

E quando começa um tiroteio longe, onde está a vanguarda, nem sequer se surpreendem mais. Os recrutas retornam em desenfreada fuga buscando a saída do cânion.

Uma maldição escapa da garganta seca de Demetrio:

— Fogo!... Fogo sobre os que correm!...
— A tirar-lhes as alturas! — ruge depois como uma fera.

Mas o inimigo, muito bem escondido, desprende suas metralhadoras, e os homens de Demetrio caem como espigas cortadas pela foice.

Demetrio derrama lágrimas de raiva e de dor quando Anastasio resvala lentamente de seu cavalo sem exalar uma queixa, e fica estendido, imóvel. Venancio cai a seu lado, com o peito horrivelmente aberto pela metralhadora e Meco se desbarranca e rola ao fundo do abismo. De repente Demetrio encontra-se sozinho. As balas zumbem em seus ouvidos como uma saraivada. Desmonta, arrasta-se pelas rochas até encontrar um parapeito, coloca uma pedra que proteja a cabeça e, peito a terra, começa a disparar.

O inimigo dissemina-se, perseguindo aos raros fugitivos que ficam ocultos entre as chapadas.

Demetrio aponta e não erra um só tiro... Paf!... Paf!... Paf!... Sua pontaria famosa enche-o de regozijo; onde põe o olho põe a bala. Acaba um carregador e mete outro novo. E aponta...

A fumaça da fuzilaria não termina de extinguir-se. As cigarras entoam seu canto imperturbável e misterioso; as pombas cantam com doçura nos vértices das rochas; ruminam passivamente as vacas.

A serra está de celebração; sobre suas cúspides inacessíveis cai a névoa alvíssima como um manto de neve sobre a cabeça de uma noiva.

E ao pé de uma fissura enorme e suntuosa, como pórtico de velha catedral, Demetrio Macías, com os olhos fixos para sempre, segue apontando com o cano de seu fuzil...

Posfácio

MÉXICO — SONHOS ADIADOS

Wilson Alves-Bezerra[69]

EM 1930, o diretor russo de cinema Serguei Eisenstein e sua trupe desembarcavam em terras mexicanas, empolgados com a possibilidade de filmar o projeto de celebrar o singular caso daquele país que na América Latina, do outro lado do mundo, havia realizado a façanha por tantos sonhada de fazer uma revolução popular camponesa, poucos anos antes de os russos se erguerem em armas contra o regime czarista. A Revolução Mexicana, pensava Eisenstein, era um modelo para o mundo, pois era uma legítima revolução socialista: era preciso contar aquela história. Por questões de logística, orçamento e política, o material filmado nunca foi editado e o filme jamais realizado. Em 1979, Grigori Aleksandrov, que havia trabalho com Eisenstein, finalmente consegue montar e finalizar o filme: *¡Qué viva México!* A obra segue um modelo de interpretação dos acontecimentos no México que transforma a revolução da América do Norte numa espécie de precursora da revolução russa e de outras, que ele esperava prosperassem mundo afora.

Entusiasmo também sentira, muito mais próximo dos acontecimentos, ainda em 1911, o médico e escritor mexicano Mariano Azuela, ao ouvir as histórias da revolução que acabara de se levantar no norte do país. À sua maneira, o médico tentou alinhar-se ao espírito revolucionário, aceitando a nomeação

---

[69] Wilson Alves-Bezerra é escritor, crítico e tradutor. Atualmente é coordenador do Programa de Pós-Graduação em Estudos de Literatura da UFSCar. É autor de *Vertigens* (Iluminuras, 2015 – prêmio Jabuti na categoria Poesia – Escolha do Leitor, 2016), *O Pau do Brasil* (Urutau. 2016) e *Vapor Barato* (Iluminuras. 2018). entre outros.

para dirigir o município Lagos, com o cargo de *jefe político*, no estado de Jalisco, distante do local da insurgência. A decepção, porém, logo teve lugar, e, em menos de um mês, o doutor Mariano renunciou a seu posto. Seus livros da época já espelhavam decepção com os descaminhos precoces da revolução: obras como *Andrés Pérez, maderista* (1911) e *Los caciques* (1914) são marcantes dessa etapa.

Em outubro de 1914, enquanto na Europa estourava a Primeira Guerra Mundial, o grupo revolucionário liderado por Julián Medina chegava a Jalisco. Foi quando Azuela teve a oportunidade não apenas de conhecer o líder revolucionário do grupo de Pancho Villa, como também de se encantar por ele: "Era o tipo genuíno de rancheiro de Jalisco, valente, ingênuo, generoso e fanfarrão. Apesar de sua total falta de cultura, tinha o dom de comandar, e muitos dos líderes superiores a ele o obedeciam, reconhecendo tacitamente suas faculdades de condutor das massas...", dizia Azuela.

Seduzido pelo magnetismo de Medina, o escritor aceita receber o grau de tenente-coronel para servir, como médico, a seu exército. Era a chance para Azuela não apenas conhecer de perto a dinâmica revolucionária como também de escrever um romance sobre aquela experiência. Contrariando seu usual planejamento prévio, tudo o que o Doutor Mariano tinha, no momento de sair com o exército, era o nome de seu futuro livro: "Los de abajo", os de baixo tanto social quanto geograficamente. Sua obra deveria ser um quadro dos participantes do processo, caracterizados por seu lugar no mundo. O protagonista do romance, Demetrio Macías, homem rústico e intuitivo, era inspirado, em grande medida, no próprio Medina, como o autor já admitiu em mais de uma ocasião.

Enquanto avançava com o exército de Medina e cuidava dos feridos da batalha, o doutor Mariano ia tomando suas notas ao calor do momento. A experiência, logo de início, quando seu grupamento foi incorporado finalmente às forças de Pancho

Villa, não era das melhores. A brutalidade e a desumanidade da vida militar cotidiana nada tinham a ver com o idealismo que ele estava esperando encontrar, e as pessoas com quem conviveu o Doutor Mariano eram gente "que, se sabiam sorrir para matar, sabiam também sorrir para morrer." Para alguém que como ele era médico e portanto estava acostumado a prezar pela vida e se dedicava a tratar doentes, era um cotidiano difícil de lidar.

O período que Mariano Azuela serviu ao exército revolucionário foi, enfim, de desencanto quanto ao processo revolucionário. Não por acaso, a imagem que prevalece em seu romance é a da revolução como uma força aniquiladora: "A revolução é o furacão, e o homem que se entrega a ela não é mais homem, é a miserável folha seca arrebatada pelo vendaval...". A imagem nada tem de novo, mas descobri-la na própria carne e recriá-la literariamente como fez Azuela tem força inigualável, como o percebe quem ler *Los de abajo*.

O texto do livro, concluído, foi entregue ao jornal *El Paso del Norte*, do Texas, onde seria publicado sob a forma de folhetim ao longo dos meses de outubro e dezembro de 1915. Por cada dia em que uma parte fosse publicada, Azuela ganharia dez dólares: "Nunca na minha vida tinha saboreado um dinheiro como aquele", diz, quinze anos depois, o satisfeito escritor. Não que como médico passasse necessidades financeiras, mas é que o dinheiro que provém da literatura tem sempre um caráter especial. Da mesma forma, o autor confessa que quando o folhetim finalmente virou livro, em 1916, foi um grande fracasso comercial e que nas livrarias — até que se começasse a ter alguma repercussão de sua obra na imprensa — só tinham sido vendidos cinco exemplares de sua obra. Ainda assim, Azuela confessa que queria conhecer aqueles cinco valentes leitores que compraram o livro de um autor desconhecido, para lhes dar um abraço.

O livro

Assim, *Los de abajo* é o relato de desencantamento, onde surgem, em cores vivas, as contradições de quem construía cotidianamente a revolução: um processo que se justificava pela igualdade e contra a violência dos federais, na primeira página do livro caracterizados como animais. Porém o processo se deteriora aos olhos do narrador, que destaca a desumanização dos revolucionários, que vão se tornando pessoas tão sanguinárias quanto os soldados do regime que eles buscavam combater, tal como se lê já no início da segunda parte.

O desvirtuamento não é apenas dos que lutam na linha de frente. Há personagens como o intelectual Cervantes, que se uniu ao grupo encantado com seus ideais elevados, mas que logo se mostrou um oportunista, com interesses mesquinhos e individualistas, a ponto de logo abandonar o bando após ter amealhado certo patrimônio com diversos saques. Ficamos sabendo, no início da parte três, numa carta sua ao companheiro Venâncio, que ele está morando no Texas, recém-formado, e que ascendeu socialmente naquela sociedade capitalista. De quebra ele ainda escreve a Venâncio que não é possível que ele consiga, com o dinheiro que havia juntado, comprar um título de médico nos Estados Unidos. O ideal de igualdade ia ficando mais distante a todos os participantes da luta.

Diante da violência gratuita, da desumanização e do oportunismo que o livro desnuda, o narrador parece ficar do lado dos personagens menos pragmáticos, como Valderrama, um revolucionário lírico que assim como surge, desaparece, mas não sem antes deixar sua marca pessoal: "Eis como os grandes prazeres da Revolução se resolviam em uma lágrima!...". O próprio Demetrio Macías, ao final do processo, dá mostras de também já não saber o motivo das batalhas:

— Por que lutam agora, Demetrio?

Demetrio, as sobrancelhas bem juntas, distraidamente pega

uma pedrinha e a atira ao fundo do barranco. Mantém-se pensativo vendo o desfiladeiro, e diz:
— Olha essa pedra como não para mais...

Desencantos mexicanos

Contrariamente ao tom eufórico de tantos — em geral estrangeiros —, muitos intelectuais mexicanos foram críticos desde a primeira hora em relação aos desdobramentos da Revolução. Em julho de 1945, portanto às vésperas do fim da Segunda Guerra Mundial, na revista "Pan", de Guadalajara, outro mexicano, dessa vez o tímido escritor Juan Rulfo, publicava o conto "Nos han dado la tierra" ("Nos deram a terra", em português). Com seu estilo econômico e lacunar, o conto traz uma espécie de *day after* desesperançado: uma reforma agrária de araque legara ao povo terras onde não é possível plantar nada, pois são terras secas, distantes do rio, onde nada cresce: "Tanta e tamanha terra para nada", diz o narrador a certa altura. E acrescenta outro aspecto da mudança dos tempos: "Antes andávamos a cavalo e vínhamos com uma carabina pendurada. Agora não temos nem mesmo a carabina."
Se na narrativa de Azuela as armas nas mãos dos revolucionários serviam para matar, na boca do personagem de Rulfo trata-se de outra coisa: "Eu sempre pensei que isso de tirarem as armas da gente foi bom. Por aqui é perigoso andar armado. Eles matam a gente sem avisar, só por ver 'uma 30' à tiracolo." Os camponeses são impotentes, esquivam-se dos tiros e é melhor não estar entre os que atiram para não correr o risco de virar alvo deles. O máximo da violência é roubar galinhas, e quem quer plantar arrenda terras longe de seu campo seco. O campo do México de Rulfo é inóspito, infértil e desolador. O povo está novamente numa condição servil, sem horizontes.
Também o poeta e escritor mexicano Octavio Paz, no seu ensaio fundador sobre o México e os mexicanos, *O labirin-*

to da solidão, de 1950, traz um diagnóstico interessante sobre a Revolução. Para ele, mais que um movimento que poderia se aparentar ideologicamente ao socialismo, tratava-se de um desejo de retomar a um estado anterior ao da colonização espanhola. Para Paz, a marca da Revolução é "a ausência de precursores ideológicos e a escassez de vínculos com uma ideologia universal. (...) A Revolução será uma explosão da realidade e uma busca às cegas da doutrina universal que a justifique e a insira na História da América e na história do mundo. (...) Os camponeses mexicanos fazem a revolução não apenas para obter melhores condições de vida, mas também para recuperar as terras que no decorrer da Colônia lhes haviam sido retiradas por *encomenderos* e latifundiários."

Numa palavra, para Paz, a revolução não é moderna, trata-se de um movimento utópico com olhos voltados ao passado. A despeito da leitura crítica de Octavio Paz, que ao longo de sua carreira faria a crítica da institucionalização da revolução, pela via do Partido Revolucionário Institucional (PRI), ele ilumina a leitura da Revolução Mexicana, ao mostrar que não se trata de vincular o movimento ao mundo ocidental apenas, mas de reconhecer-lhe os traços ancestrais, mostrando que sua lógica própria tem a ver com a organização comunal anterior à chegada dos espanhóis. Assim é mais fácil de compreender porque o desejo revolucionário mexicano está longe de acabar. Se a Revolução Mexicana arrefeceu, institucionalizou-se e se burocratizou, o desejo de igualdade seguiu outras sendas e tomou outras formas.

Inventando outro mundo

No primeiro dia do ano de 1994, mais uma vez o México surpreendia o mundo. O ano nascia com um levante indígena armado no estado mexicano de Chiapas, que se filiava declaradamente ao revolucionário Emiliano Zapata e ao passado ancestral do território. Era a primeira grande ação do EZLN, o Exército Zapatista de Libertação Nacional, composto por milhares de pessoas armadas que, após um conflito com o exército federal e um posterior cessar fogo negociado pela Igreja Católica, declarou a região que tinham sob seu poder como território autônomo. O Estado Mexicano deu as costas a Chiapas e tinha assim início um processo de gestão autônoma bastante singular que, se não se expandiu pelo território mexicano, tampouco foi desbaratado. Hoje, após um quarto de século, a experiência insurgente zapatista segue assombrando o mundo, mantendo o domínio sobre considerável porção do estado de Chiapas. Chama a atenção sua estética e sua dinâmica próprias: os líderes não mostram o rosto, impedindo que sejam tornados heróis, o rosto dos zapatistas é o de qualquer um, detrás de seu gorro passa-montanhas.

Do passado ancestral anterior à chegada de Hernán Cortés, que conseguiu fazer capitular Montezuma e pôr fim à supremacia asteca na região, ao presente, com a singular experiência zapatista, passando também pela Revolução Mexicana de 1911, o México não deixa de surpreender o mundo ocidental. Seu desejo de retomar a propriedade comunal da terra, a qual projeta em seu passado ancestral, coincide com algumas ideias que nossa banda do globo terrestre convencionou projetar num futuro utópico.

Sendo assim, mergulhar no universo de *Los de abajo* significa assumir a visão de um homem, Mariano Azuela, que como muitos sonhou com uma sociedade igualitária, e que como muitos se decepcionou com a crueza da implantação e consequente deturpação de um sonho. Porém que, como poucos, ousou juntar-se a um exército que pegava em armas por esse mesmo sonho; e, como menos gente ainda, Azuela dedicou-se a escrever sobre essa experiência singular. Pensar, com *Los de abajo*, o que era — segundo a visão do autor — o México entre os anos de 1914 e 1915, deve permitir-nos pensar ainda o que foi aquele vasto território ainda antes de ser colonizado, e o que ainda pode tornar-se. Sobretudo, nos tempos distópicos que vive o Brasil, ler a obra de Mariano Azuela deve permitir-nos também pensar noutro mundo possível, nos estreitos limites de nossa infinita capacidade de sonhar e em nossa precária capacidade de realizar.

COMO ESCREVI *OS DE BAIXO*[70]

Por Mariano Azuela

COM o nome de "Quadros e cenas da Revolução", tenho ordenado muitas anotações recolhidas à margem dos acontecimentos politicossociais desde a Revolução maderista até esta data. Formam parte dessa série os episódios do meu relato *Os de baixo*, escrito em plena luta entre as duas grandes facções em que a ambição dividiu os revolucionários, imediatamente após seu triunfo sobre Victoriano Huerta. Satisfaz então uma de minhas maiores aspirações, conviver com os genuínos revolucionários, os de baixo, já que, até então, minhas observações haviam se limitado ao tedioso mundo da pequena burguesia. Formando parte, como médico, das forças revolucionárias de Julián Medina, compartilhei com aqueles rancheiros de Jalisco e Zacatecas — olhos de menino e corações abertos — muitas de suas alegrias, sonhos e amarguras. Agora, quase todos eles desapareceram, e quero dedicar estas notas a essa casta indômita, generosa e incompreendida que, se sabia sorrir para matar, sabia também sorrir para morrer.

Em Guadalajara, chamavam-nos convencionistas; mas um dia amanhecemos em Lagos e disseram-nos que já éramos villistas. Assim, como se troca o rótulo de uma garrafa. Iniciei minhas anotações bem documentado. Dois capítulos em Lagos, outros dois em Tepatitlán. O general Medina seguramente não se sentia muito à vontade perto de Francisco Villas, e prometeu-lhe recuperar Guadalajara com o punhado de seus

---

[70] Texto do programa da versão teatral de *Os de baixo*, por ocasião da estreia no Teatro Hidalgo, México, março de 1929. Incluído em *Obras completas*, tomo III, pp. 1267-8. Os textos desta seção e das seguintes, escritos por Mariano Azuela, foram traduzidos pelo poeta Erorci Santana. (N. do E.)

homens. Villa deu-lhe armas e munições, e Medina conseguiu seu objetivo: atravessar rapidamente o coração de Jalisco e internar-se nas barrancas de Tequilla e Hostotipaquillo. Mas Manuel Caloca caiu gravemente ferido no combate de Guadalajara. Um rapaz de quinze anos, que havia ganhado a patente de coronel por valentia. Nós o transportamos em uma maca desde Tapatitlán, atravessando a serra pelos desfiladeiros de Juchipila, até Aguascalientes. Zona infestada de carrancistas,[71] paisagem esplêndida, desfiladeiros onde se caminha levando as bestas pelos cabrestos, a pé; fome, sede e inquietação. A ficção se fazia sozinha. Às vezes, ao terminar uma jornada, havia que seguir mais adiante, por trilhas inextricáveis. Três rudes semanas de travessia. De oitenta, chegamos catorze a Aguascalientes. Aqueles eram homens: onde um dizia "aqui me separo", aí ficava. Com sua liberdade, como havia chegado. Deixei Caloca no hospital militar de Chihuahua e dediquei-me a dar forma aos meus apontamentos. Quando as entreguei ao "El Paso del Norte", de El Paso, Texas, ofereceram-me dez dólares semanais durante o tempo que durasse sua publicação em folhetim. Nunca mais saboreei dinheiro como aquele em minha vida.

***

---

[71] Carrancistas: partidários do general dom Venustiano Carranza.

OS DE BAIXO[72]

DEVO ao meu romance *Os de baixo* uma das maiores satisfações das que tenho desfrutado em minha vida de escritor. O célebre romancista francês Henri Barbuse, reputado comunista, fez com que fosse traduzido e publicado na revista "Monde", de Paris, que ele dirigia. A Acción Francesa, órgão dos monarquistas e da extrema direita da França, acolheu meu romance com elogio. Esse fato é muito significativo para um escritor independente e não necessita comentários.

No ano de 1927, Manuel Maples Arce, secretário do Governo de Veracruz, solicitou minha autorização para reeditar *Os de baixo*. Foi publicado e distribuído entre a classe proletária, por ordens expressas desse governador, que havia sido um dos levantados em armas desde a época de Madero, quando não se era revolucionário para chegar a tal ou qual posto ou para enriquecer-se por meio da pilhagem. Sem exceção, os revolucionários desse tempo acolheram meu romance com elogios e não houve um que levantasse objeções à verdade da minha obra.

Villista derrotado, cheguei a El Paso, Texas, e no diário subvencionado por dom Venustiano Carranza, "El Paso del Norte", publicou-se meu livrinho pela primeira vez.

Para cúmulo de satisfações, alguns cachorrinhos barulhentos e aproveitadores da Revolução puseram-me sob suspeita e pespegaram-me o rótulo de reacionário, quando uma influente dama de alta linhagem fez uma montagem teatral do meu romance para representação no teatro Hidalgo.

Cinco lustros depois dos sucessos objeto de minha obrinha,

---

[72] Texto da conferência feita por Azuela no Colégio Nacional, em 1945. Apareceu com o título "Azares de minha novela *Os de baixo*", na Universidad de México, vol. I, nº 2, novembro de 1946, pp. 1-4. Incluído em *Obras completas, tomo III*, pp. 1077-1089. (N. do E.)

alguns publicistas norte-americanos, interessados em conhecer o processo da Revolução através dos romancistas do país e especialmente dos que participamos diretamente do conflito, ora como atores, ora como testemunhas, pediram-me revelações relativas à motivação criadora do meu romance. Recusei por algum tempo empreender essa tarefa, por medo de incorrer no pecado da vaidade e talvez até no da mentira. Mas agora, quando avançado em anos e sentindo-me bastante afastado desses perigos, pus-me a redigir estas notas e recordações, tomando em consideração, sobretudo, que a história anônima que amanhã expresse a real verdade desse grande movimento nacional que estamos experimentando, deverá edificar-se indefectivelmente sobre os dados mais ou menos autênticos fornecidos pelos que fomos atores ou testemunhas, por modesto que tenha sido nosso aporte na transformação social do país. A história selecionará os grãos e porá à parte os desperdícios; mas, de toda sorte, com o material que lhe deixemos. Tenho posto, portanto, todo meu esmero em remover e perfilar minhas lembranças com a maior fidelidade possível, naturalmente não com a competência de historiador ou cronista, mas de romancista que buscou captar, mais que homens, coisas e sucessos, e a profunda significação dos mesmos, para criações mais ou menos arbitrárias.

Os de baixo, como o subtítulo primitivo o indicava, é uma série de quadros e cenas da revolução constitucionalista, debilmente atados por um fio romanesco. Podia dizer que este livro fez-se sozinho e que meu labor consistiu em colecionar tipos, gestos, paisagens e acontecimentos, se minha imaginação não me houvesse ajudado a ordená-los e apresentá-los com os relevos e o colorido maior que me foi dado.

Minha participação na revolta maderista e no regime constitucional que a sucedeu foi estritamente política, mas isso foi suficiente para que, com a derrota de Madero, tivessem me vigiado estreitamente, como a todos os que comprovamos nossas ideias revolucionárias, e em estado de tensão constante. Os que não pudemos ou não soubemos escapar a tempo de nossos torrões, sujeitados a uma espionagem exasperante, não tínhamos mais perspectiva que a de incorporar-nos ao primeiro grupo rebelde que se aproximasse. Mas, em meu Estado, somente Julián Medina levantou-se em armas, bem longe, em Hostotipaquillo, ao sul de Jalisco.

Os primeiros revolucionários que entraram em Lagos foram os das forças de Francisco Villa, depois da tomada de Zacatecas, quando a Revolução havia praticamente triunfado. Pude acreditar, com razão, que já podia seguir trabalhando com tranquilidade em minha profissão e no cultivo de minhas ficções literárias, afastado em absoluto de toda atuação civil ou militar, que haviam deixado de interessar-me naquele momento. Nunca imaginei que a ruptura imediata e violenta de duas facções poderosas que disputavam o poder havia de arrebatar-me na tormenta até uma situação ainda mais grave. A entrada e a saída das facções contrárias punham-nos novamente à mercê de nossos inimigos locais, que encontravam a oportunidade mais simples para suas vinganças, denunciando-nos aos chefes, geralmente brutos, ignorantes, irresponsáveis e fáceis de enganar. O delito não era já ser maderista, senão carrancista ou villista. Fui então arrastado pelos acontecimentos e, em pouco tempo, encontrei-me metido na luta armada.

Durante a usurpação do governo por Victoriano Huerta, mantive ativa correspondência com José Becerra, ardente correligionário, que, sendo agente do Ministério Público em Tequila, teve oportunidade de incorporar-se aos rebeldes sob o comando de Julián Medina, quando este se apoderou do povoado. Por Becerra, Medina inteirou-se de nossa íntima amizade e do trabalho que havíamos feito em Lagos, assim como da correspondência epistolar que mantivemos posteriormente.

Sucedeu depois que, quando Medina passou por Lagos, passada a Convenção de Aguascalientes, conduzido por seu secretário particular, o primeiro oficial dom Francisco M. Delgado, convidou-me com toda formalidade a colaborar com ele no governo do Estado de Jalisco que, de acordo com o Plano de Guadalupe, devia reger, mas que, pela vontade de dom Venustiano Carranza, ocupava o posto de governador o general Manuel M. Diéguez, um de seus mais chegados.

Pretextando obrigações familiares, sem mais elementos que meu trabalho, escusei-me, agradecido pela distinção. O tiro saiu-me pela culatra. Pancho Delgado respondeu-me amavelmente que não seria necessário mover-me do povoado, que eu poderia me encarregar, por exemplo, da divisão das terras dos latifundiários da minha região. Tão simpático oferecimento deixou-me encantado e, afinal de contas, tive que optar por oferecer-lhe meus serviços, mas na mesma capital do Estado.

Nos últimos dias de outubro de 1914, incorporei-me ao Estado Maior de Julián Medina, em Irapuato, onde esperava o grosso de suas forças, que acabavam de sair da cidade do México com as de Lucio Blanco, desconhecendo o governo provisório de dom Venustiano Carranza e reconhecendo o da Convenção. O general Medina recebeu-me com demonstrações de estima e cordialidade e, em seguida, nomeou-me chefe do serviço médico, com a patente de tenente-coronel.

Julián Medina deu-me a impressão de ser um revolucionário por convicção e de saudáveis inclinações. Permaneci em Irapuato aproximadamente um mês, e diariamente tive oportunidade de conversar com ele. Gostava muito de contar suas aventuras e anunciar seus propósitos; escutava com atenção o que se dizia e buscava formar um conceito definitivo do caráter dos que tratavam com ele, ainda que não o lograsse muitas vezes. Era o tipo genuíno de rancheiro de Jalisco, valente, ingênuo, generoso e fanfarrão. Não obstante sua total incultura, possuía o dom do mando, e muitos chefes, superiores a ele por outros conceitos, obedeciam-no com gosto, reconhecendo tacitamente suas faculdades de condutor de massas. O grau de general não lhe foi atribuído por nenhum superior hierárquico, senão pelos bravos que se levantaram em armas com ele na própria prisão de Hostotipaquillo, onde os mantinham presos por atividades subversivas.

Ainda jovem, cerca de trinta anos, alto, robusto, de faces vermelhadas, pálpebras um tanto caídas, lábios grossos, barbeado, de gestos lentos, mas expressivo e seguro, vestia calça justa e jaqueta de camurça de veado, chapéu agaloado de lã, sem gravata; a camisa, aberta em seu grande pescoço de touro, desenhava-lhe bolsas na cintura sobre a cartucheira cheia de balas. Não obstante sua rusticidade agreste, desempenhou com discrição e cordura o alto posto que lhe foi confiado, sem deixar de ser falante, alegre, otimista e comunicativo.

Por esses dias, eu não tinha a menor ideia do romance que ia escrever sobre a Revolução. Desde que se iniciou o movimento com Madero, senti um grande desejo de conviver com autênticos revolucionários — não de discursos, mas de rifles — como material humano inestimável para compor um livro, de sorte que a circunstância, por si só, bastava-me para sentir prazer e satisfação em minha aventura forçada. Ao revés do que geralmente me ocorre, o nome do que havia de escrever foi o que me veio primeiro ao pensamento. Em Guadalajara, batizei o protagonista de meu projeto de romance com o nome de Demetrio Macías. Desprendi-me de Julián Medina para forjar e manejar com ampla liberdade o tipo que se me ocorreu.

Manuel Caloca, o mais jovem de uma Família de revolucionários de Teúl, do Estado de Zacatecas, rapaz de menos de vinte anos, alto, magro, azeitonado, tipo um tanto mongoloide, alegre e intrépido, de valor temerário na luta, sucedeu a Julián Medina na construção de meu personagem. Havia se batido com valentia e ele mesmo se concedeu a patente de coronel, confirmada por Medina, ao recebê-lo e incorporá-lo com sua gente e suas forças. Em um combate em San Pedro

Tlaquepaque, foi ferido gravemente. Eu o transportei com oitenta homens, de Tepatitlán a Cuquío; seguimos pelos desfiladeiros de Juchipila, passando pelo rancho de Limón e pelo povoado homônimo; logo passamos por Calvillo, e nos detemos umas poucas horas em Aguascalientes. Eu o operei nessa capital de Estado, no hospital de seus parentes, os doutores Ávilas e, na mesma tarde, tomamos o trem rumo ao Norte, ouvindo já o canhonaço dos carrancistas, que horas mais tarde tomariam a praça. Deixei-o no hospital militar de Chihuahua e não nos voltamos a ver senão em El Paso, Texas, depois da tomada desta última capital pelo general Treviño.

Na qualidade de médico de tropa, tive sobrantes oportunidades para observar desapaixonadamente o mundo da Revolução. Prontamente, a primitiva e favorável impressão que tinha de seus homens foi-se desvanecendo em um quadro sombrio de desencanto e pesar. O espírito de amor e sacrifício que acalentara com tanto fervor, com pouca esperança no triunfo aos primeiros revolucionários, havia desaparecido. As manifestações exteriores que me deram os donos atuais da situação, o que se apresentou ante meus olhos, foi um mundinho de amizades fingidas, invejas, adulação, espionagem, intrigas, fofocas e perfídia. Ninguém pensava já senão na melhor tachada de pastel à vista. Naturalmente, não havia bicho que não se sentisse com méritos e direitos suficientes para aspirar ao máximo. Alguém alegava seu tempo de serviços, alguém seus gloriosos feitos em armas; um lamentava-se de haver abandonado sua família na miséria, outro um trabalho que o estava enriquecendo, e a maioria fazia valer sua amizade ou parentesco com os mais altos chefes. A fraternidade que uniu os primeiros lutadores havia entrado nos domínios da história e da lenda. Havia divisão entre os chefes, os subalternos não se acreditavam menos que aqueles, as suspeitas, fundadas ou infundadas, mantinham todos em estado de alerta.

Minha situação foi então a de Solís em meu romance. "Por

que — pergunta-lhe o pseudorrevolucionário e usurário Luis Cervantes —, se está desencantado com a Revolução, prossegues com ela?" "Porque a Revolução — responde Solís — é o furacão, e o homem que se entrega a ela não é mais o homem, senão a miserável folha seca arrebatada pelo vendaval".

Contudo, por mais que a jornada haja sido longa e penosa, nunca me arrependi de havê-la feito, porque nela encontrei as lições mais proveitosas que a vida tem me dado e um conhecimento dos homens que jamais havia adquirido como médico civil.

Pus, pois, meu máximo esforço em prestar o melhor possível meus serviços, mantendo-me à margem das fofocas e das intrigas, o que me custou muito trabalho, dada minha maneira de ser e a circunstância de ter sido recém-incorporado a tal meio.

Em dezembro, chegamos a Guadalajara e, em seguida, o governador designou-me para o posto de diretor de instrução pública do Estado. Foi brevíssima minha atuação; desalojados pelos carrancistas, de derrota em derrota, um belo dia encontrei-me nos Estados Unidos com um rolo de papeis sob a camisa. Dois terços de *Os de baixo* estavam redigidos, e o resto eu escrevi na redação de "El Paso del Norte", onde meu romance começou a ser publicado em folhetim.

Numa noite de novembro de 1915, eu o li a um grupo de amigos e companheiros, todos desterrados, em um dos quartos do hotel onde estávamos alojados. Entre eles, encontravam-se os licenciados Enrique Pérez Arce, Abelardo Medina, Enrique Luna Román e alguns outros. Quando cheguei à passagem em que a personagem Demetrio Macías é carregado em maca pelos desfiladeiros de Juchipila, Manuel Caloca, que se encontrava também entre meus ouvintes, reconheceu-se em sua canção favorita naquele instante: "Em la mediania del cuerpo / uma daga me metió / sin saber por qué / ni por qué sé yo..."

Ademais, em sua maior parte, os sucessos referidos no romance não foram presenciados por mim, mas construídos ou reconstruídos com fragmentos de visões de gentes e acontecimentos. Os que o chamam relato não sabem da missa a metade, se com esse título querem dizer que escrevi como quem faz crônica ou reportagem.

É lugar comum falar de "romances com chave".[73] Podem-se escrever diatribes, panfletos, mas um romance com chave não é viável como romance e nos faria morrer de fastígio. O romancista, seguramente, toma os elementos para suas construções do mundo que o rodeia e dos livros. Mas tal obra não se limita à acumulação e ordenação dos materiais inertes, senão a organização de um novo corpo, dotado de vida própria, de uma obra de criação. De tal sorte, os melhores personagens de um romance serão aqueles que mais longe estejam do modelo. Recordo que, em correspondência com o licenciado dom José López Portillo y Rojas, depois de meu regresso dos Estados Unidos, a propósito de *Os de baixo*, escrevi estas linhas: "Se eu houvesse encontrado entre os revolucionários alguém da estatura de Demetrio Macías, o teria seguido até a morte".

Do mesmo erro, deriva outro: "O autor irrita-se com seus personagens". O que é tão absurdo como se dissesse — guardando a infinita distância —: "Deus irrita-se com suas criaturas".

Entre as pessoas que me serviram para forjar meu romance, lembro com fidelidade, além dos mencionados para Demetrio Macías, os seguintes: Luis Cervantes é um tipo imaginário, construído com outro tipo imaginário e retalhos tomados à realidade. Os inimigos pessoais do coronel Francisco M. Delgado, secretário particular do governador Medina, por inveja de uns, por velhos rancores de outros, formaram-lhe uma atmosfera muito densa e uma legenda deprimente. Inventaram-

---

[73] *Novelas de clave*, no original, ou *roman à clef*, expressão francesa cuja tradução aproximada é "romance com chave", designa a forma narrativa na qual o autor trata de pessoas reais por meio de personagens fictícios. (N. do T.)

-lhe defeitos que não tinha e ações que não cometeu, caluniaram-lhe *sotto voce*,[74] dando-lhe fama do que não foi. Delgado havia se distinguido por sua educação, inteligência e cultura, e por seu valor em campanha. Julián Medina acertou ao designá-lo para o importante posto que desempenhou com decoro. Mas isso suscitou invejas, especialmente entre seus companheiros, que se sentiam com iguais ou maiores merecimentos. Não foi, pois, o autêntico Delgado, mas o criado pela maledicência, o que me deu o tipo que fazia falta, a personagem do meu romance.

Pedro Montes era um moço de trinta anos, robusto de carnes, de sobrancelhas e barba peludas, olhos benevolentes, rancheiro fanfarrão e valente, e um dos mais simpáticos companheiros de Medina. Ingênuo e simples, jactava-se de rico por ser dono de uma junta de bois, e de valente pelas balas que levava no corpo, recebidas em brigas de feira, esbórnia e taberna. Ele e um tal Barbarito eram chefes do Estado Maior, companheiros consentidos de Medina, nos quais sempre pôs sua maior confiança. Sorrindo, demonstrava sua indomável valentia. Quando se lhe apresentava a ocasião de tomar vingança de algum inimigo pessoal, sacrificava-o sem rancor, como o que esmaga a pulga que o molesta. Um fuzilamento era motivo de grande alvoroço e disputava-se a comissão para levá-lo a cabo. Aos que tinha que despachar ao outro mundo, tratava-os com carinho fraternal e, mais tarde, se sabiam morrer serenos, mostrando seu desprezo pela vida, admirava-os com palavras e gestos de veemente fervor. Penso que, mais que tudo, isso significava para ele uma aprendizagem de como morrer com dignidade. Com efeito, morreu fuzilado pouco antes da rendição de Medina, ao sul de Jalisco. Deste sujeito, tomei muitos rasgos para meu personagem Anastasio Montanés. Vivi duas vezes em Ciudad Juárez. Costumava fazer o

---

[74] Conversa ouvida abaixo da audição, "sob a voz", intencionalmente diminuindo o volume da voz para dar ênfase. (N.do E.)

desjejum no "Delmónico", restaurante bem frequentado. Na última ocasião, foi quando a fome já fazia estragos em todos os lugares ocupados pelas forças armadas. O general Villa pagava em ouro a alimentação de seus chefes principais nesse restaurante e, naturalmente, dava-se-lhes absoluta preferência aos militares. Ali, conheci um frequentador profundamente antipático: rechonchudo, carirredondo, papudo e avermelhado, olhos injetados, a verter sangue. Sumamente ativo, ostentava intimidade com os líderes mais famosos, e aos civis, tratava-nos com desdém e até com insolência. Desse tipo odioso, nasceu o louro Margarito, que fui completando com outros que conheci também de perto, tais como um coronel Galván, ébrio habitual, cuja diversão favorita consistia em disparar sua pistola em buscapé nos frequentadores de bilhares, restaurantes, cabarés, cantinas e centros de dissipação. De passagem pela minha terra, fez dançar os anões e um sapateiro gordinho e empetecado, que gostava de vestir-se com traje charro. Outro, foi um coronel agregado à tropa de Medina, depois da tomada de Guadalajara pelos carrancistas. Era um homenzarrão quase apoplético, de cabelo e barba vermelhos, extremamente irascível. Quando se aborrecia, arrancava os pelos da barba, sangrando o rosto. Nas imediações de Tequila, foi ferido por bala explosiva em um dos joelhos, quis levantar-se, e como não pudesse, sacou o revólver e disparou um tiro na cabeça.

O médico das forças de Medina, imediatamente após a edição de Hostotipaquillo, foi um curandeiro que o acompanhou em toda a campanha desde então. Exercia a profissão em distintos povoados ao sul de Jalisco e ufanava-se muito de seu saber. De idade mediana, pequenino e adornado, expressava-se com rebuscamento e gostava de luzir o uniforme muito limpo e passado a ferro. Comprazia-se em escutar a conversação de pessoas de prestígio social, político ou militar. Não faltava nunca nas paradas militares, sempre ao lado do general. *Avis rara*, era homem correto em todo sentido. Entrou em meu romance com o nome de Venancio.

Em nossa penosa peregrinação pelos desfiladeiros de Juchipila, transportando o coronel Manuel Galoca em maca, detivemo-nos umas quantas horas em um povoado, guarnecido pelo coronel Maximiano Hernández, jovem sério, alto e trigueiro, de aspecto agradável. Tinha por companheira uma garota morena, boca, olhos e cara muito pintados. Vestia saia curta de cor viva e brilhante, chapéu agaloado e uma blusa cruzada por cartucheiras repletas de balas. Sentada sobre uma mesa de pinho, as pernas balançando, exibia umas horríveis meias de algodão azul com ligas escarlates abaixo dos joelhos. Tinha fama de lúbrica e contava-se que havia provocado muitos lances sangrentos. Era a única mulher entre aqueles soldados. Em *Os de baixo*, leva o nome de "Pintada".

Poucos livros meus dessa primeira época não referem, de alguma maneira, o tipo mais pitoresco, de mais sabor e colorido que encontrei em minha vida: o poeta laguense José Becerra. Pela amizade íntima que cultivei com ele, por sua vida aventureira e por seus modos extravagantes, foi o homem que me deu mais material humano, não só para meus romances da Revolução, mas também para muitos anteriores e posteriores a ele. Há muito dele no licenciado Reséndez, de *Los fracasados*, e também no Rodriguez, de *Los caciques*; chama-se José María em um continho publicado com esse nome, e é o Valderrama, de *Os de baixo*. Além das páginas em que o apresentei com diversos disfarces, com seu próprio nome ocupei-me dele em uma carta literária dirigida ao licenciado Antonio Moreno Oviedo, publicada em *México em dia*, e finalmente em um artigo necrológico dedicado à sua memória em uma revista de Guadalajara, no começo de 1942. Não caberia em um volume o anedotário desse poeta que, mais que em sua obra literária, o foi em sua própria vida. Os que o conheceram sabem que o que tenho dito sobre ele é apenas um vago reflexo do que foi esse tipo, perfeito boêmio. Sua fogosa imaginação, sua palavra cálida, sempre repleta de interesse e conteúdo, suas frases agudas e candentes, como se envoltas em um buquê de flores, sua enorme habilidade de psicólogo para penetrar no ponto fraco de qualquer pessoa, quando apenas acabava de conhecê--la, faziam-no um animador estupendo. Interessava tanto na antessala de um ministro quanto no interior de uma cantina; era o mesmo em uma estrada real ou em uma congregação pia. Necessitou desde sempre do estímulo do álcool para vivificar seu pensamento que, sem ele, se arrastava pelo chão. Contradisse de maneira solene e regozijante os sábios da medicina e da higiene, bebendo desde a puberdade até os oitenta anos, conservando a lucidez de sua inteligência privilegiada e lampejos de uma imaginação sempre acesa. Esse Valderrama passa como sombra ao final de *Os de baixo*.

Não poderia faltar em meu romance o pitecantropo, esse tipo que abundou tanto nos dias da Revolução e que, bem vestido, comido e bebido, ainda nos segue dando tanta guerra. Um milagre de acerto lhe havia dado o nome de Bárbaro na pia batismal. E o era dos pés à cabeça. Foi o soldado mais odioso e repulsivo de quantos conheci entre a gente de Medina. De 25 anos, alto, forte, de olhar inexpressivo, queixada grande de antropoide, cabelos lisos grudados ao crânio, seu aspecto, no conjunto, era bestial. Chamavam-lhe Barbarito, temiam--no e adulavam-no por ser um dos braços fortes de Medina e gozar de toda sua confiança. Era temível, ademais, por ser rancoroso, vingativo e cruel. Carecia em absoluto de sentido moral e — caso não comum entre os rancheiros de Jalisco — desempenhava as comissões rufianescas que lhe encomendavam. Quando Villa recolheu-se à serra de Sonora, depois do reconhecimento da facção carrancista pelos Estados Unidos, Medina continuava o levante ao sul de Jalisco, mais atento ao espiritismo que às suas calças, e servia-se de Barbarito como médium. E o médium soube ser tão prevenido que, um belo dia, safou-se com os fundos que lhe foram confiados, mas os espíritos não lhe revelaram que, antes de gastar o dinheiro, haveria de ser aprisionado e fuzilado pelos carrancistas. Esse Barbarito leva o nome de Pancracio em meu romance.

"La Codorniz", "El Manteca", "El Meco" e outras personagens secundárias, entraram nele com os mesmos rasgos e apelidos com que lhes conheci. Soldados anônimos, carne de canhão, pobre gente que não foi dona sequer do nome com que lhe batizaram. Sua passagem pelo mundo foi como o das folhas secas arrebatadas pela ventania.

Camila e as demais mulheres foram de minha mera invenção e conforme as necessitei para a construção do livro.

A maior parte dos sucessos narrados foram compostos com o material que recolhi em conversações com revolucionários de distintas classes e matizes, sobretudo das conversas entre eles mesmos, de interesse insuperável por sua autenticidade e significado. Os instintivos deixam-se adivinhar com grande facilidade, até nos pensamentos mais íntimos que quisessem ocultar. Levantei minha colheita nos quartéis, hospitais, restaurantes, fandangos, estradas, veredas, trens e em todas as partes. Muitos sucessos estão referidos em forma absolutamente distintas de como os presenciei. Em algumas linhas, apenas refiro a muitos como este: Em Tepatitlán, a uma jornada de Guadalajara, quedei-me com dois assistentes a esperar e atender no hospital os feridos que me enviariam de El Puente, onde se esperava um encontro com os carrancistas cuja posse local tinha sido dada na capital. Recebi um recado atencioso de um vizinho, rogando-me que passasse à sua casa e lhe fizesse uma visita médica. Era um sacerdote, paisano e amigo de juventude, que só queria noticiar-me que, de boa fonte, estava informado de que se acercava uma partida de carrancistas pelo rumo de San Juan de los Lagos.

— Todo mundo sabe que és médico de Medina e corres muito perigo aqui, sozinho com seus ajudantes. Tenho um sítio seguro, onde podes ocultar-te.

Emocionado, agradeci-lhe, sem aceitar seu gentil oferecimento, porque esperava os feridos de El Puente a qualquer momento.

— O rancho está a uma curta distância daqui.

Ofereceu-me, com toda formalidade, dar-me aviso imediato quando chegasse gente de Medina, instando-me a que me pusesse a salvo de um perigo inútil. Aceitei então, e depois de despachar meus assistentes, disfarçados de tropeiros, juntamente com uns tropeiros verdadeiros que iriam outro dia para Encarnación de Díaz, saí à meia noite com um guia para o ranchinho onde devia permanecer na expectativa. Era uma casa pobre, de adobe, com três arbustos no pátio, sobre uma planície imensa, onde nenhum outro arbusto se levantava. O guia fez-me entrar, e uma velha desgrenhada e suja, que estava moída pela metade, acolheu-me carinhosamente ao ouvir o nome do padre que me recomendava. Pouco depois chegou o dono, um sujeito de camisa, calção branco e sandália de couro. Disse que estava com cólicas e, apertando-se o abdómen, pediu um chazinho quente. A velha saiu a campo para cortar umas ervas, e ele me assegurou que não demoravam a chegar os Ramírez, de Cerro Gordo, com quem me recomendava o padre. A mulher voltou com uns brotos, não sei de qual erva, espremeu-os com seus dedos ossudos, em seguida fez uma infusão, mexendo-os com água de cozimento de milho em uma tigela enegrecida e deu-lhe para beber. O amo disse, daí a pouco, que a dor havia passado, mas o fato trouxe-me apenas uma leve preocupação.

Ao meio-dia chegaram os Ramírez, de Cerro Gordo, em magníficos cavalos, armados até os dentes. O amo deu-lhes o recado de meu protetor e imediatamente estreitaram-me a mão, a ponto de deslocar-me os ossos, assegurando-me, com muitas fanfarronadas, que eles não obedeciam mais lei que a de Deus, que em suas guaridas não entravam villistas nem carrancistas, e que toda essa gente da Revolução eram uns folgados. Desculpei-me por não acompanhá-los em seguida, porque esperava um recado urgente do meu amigo, o padre Varela, e que iria com eles noutro dia. A verdade é que estava arrependido daquela aventura e meditando uma saída. Por fortuna, meu guia voltou nessa mesma noite de Tepatitlán com o aviso da chegada do coronel Manuel Caloca, gravemente ferido, acompanhado de oitenta homens. Não esperei mais, e dei graças a Deus, que nos ajuda até quando não pedimos; selei meu cavalo e regressamos ao povoado. No trajeto, meu guia, um rapazote magro, pálido e de aspecto fúnebre, deu-me uma grande surpresa:

— Sei que o senhor já despachou seus assistentes, e se o senhor quisesse levar-me, pode ser que lhe servisse para alguma coisa.

Bastante compungido, agregou que era palhaço de circo, mas que ia mal na profissão, porque até os artistas circenses andavam de revolucionários, e ele se mantinha fazendo mandados em troca do que lhe davam de bom grado.

Com Caloca em um palanquim, uma tropa de carrancistas nos surpreendeu no fundo de um desfiladeiro, mas como toda a gente do coronel era de serranos e cavaleiros magníficos, ganharam um plano mais elevado com facilidade e imediatamente puseram o inimigo em fuga. Entrementes, abrigado em uma gruta aberta na encosta, eu fazia apontamentos para a cena final do romance, apenas começado.

Nessa mesma tarde, no rancho de Santa Rosa, o palhaço disse-me com aflição que não prestava para o trabalho, porque maldito o estrago que lhe havia feito uma saraivada de balas. Pus em seu lugar um sacristão que se havia juntado a nós em Tapatitlán.

Tudo isso está construído no romance de maneira bem diversa.

Com minhas anotações entre a camisa e o peito, cheguei a Chihuahua e ali comecei a dar-lhes forma. Li a primeira parte para o meu amigo Enrique Luna Román, que se mudou para El Paso daí a poucos dias. Já havia terminado a segunda parte, quando me escreveu, assegurando-me que tinha editor para meu livro. Como meus recursos estavam esgotando-se, saí de Juarez para El Paso com dez dólares no bolso. Visitamos vários agentes de editores, que me pediam o original para enviá-lo. Mas como eu tinha urgência imediata de dinheiro, tive que aceitar a proposta de "El Paso del Norte": tiragem de mil exemplares e pagamento de três dólares por semana enquanto se fazia a impressão. Há um mês da distribuição em bancas de livros e revistas, tinham sido vendido cinco exemplares. Entrementes, os carrancistas tomaram Ciudad Juárez sem combate. Aproveitei a confusão das primeiras horas para passar ao território mexicano, comprei de um soldado uma passagem de trem e, com José G. Montes de Oca, regressei a Guadalajara. O condutor do trem barrou-nos a passagem. "Os senhores não são soldados — disse —, são peões que vão à colheita de algodão na Laguna". Sua aguda perspicácia salvou-nos, porque nos deixou seguir adiante, compadecido de nossa pobreza, sem tornar a pedir-nos o boleto. A viagem durou oito dias, com insônias, fomes, trabalhos e múltiplas peripécias.

Nunca soube o destino dos mil exemplares do meu romance, que deixei ao senhor Gasmiochipi, dono de "El Paso del Norte", mas o que sei muito bem é que sigo devendo-lhe seus doze dólares.

O êxito que essa novela alcançou depois de dez anos de sua publicação deve-se ao entusiasmo desinteressado de três excelentes amigos meus, que se propuseram divulgá-la. Já ao final do ano de 1924, o poeta Rafael López, em uma entrevista à imprensa, havia assinalado *Os de baixo* como o esforço mais sério realizado nesse gênero literário nos últimos dez anos. Mas não foi senão em 1925 que o público reparou no romance, mercê de uma ruidosa polêmica jornalística, na qual Francisco Monterde chamou fortemente a atenção sobre meu livro.

Gregório Ortega publicou vários artigos a respeito e conseguiu que "El Universal Ilustrado" o reeditasse. Pouco depois, esse mesmo amigo meu fez uma viagem à Europa e levou consigo muitos exemplares da obra, apresentou-a a muitos escritores espanhóis importantes e empreendeu uma nova edição em Madri, com um êxito que eu nunca havia imaginado. Outro excelente amigo meu, José María González de Mendoza, com o tino e detalhismo que o caracterizam, corrigiu a má tradução que um escritor catalão havia feito para "Monde", de Paris, e interveio decididamente na edição realizada pela casa Fourcade, da França.

Faço menção desses fatos somente para aproveitar esta ocasião para render publicamente um tributo de agradecimento a esses três desinteressados e generosos amigos, sem cuja intervenção talvez meus livros fossem hoje tão desconhecidos como nos longínquos dias em que os publiquei pela primeira vez.

Depois de ter regressado do Norte, após a derrota e dispersão do villismo, quando me via obrigado a referir algumas de minhas aventuras revolucionárias, caía instintivamente no equívoco e na ironia, escapando por essas veredas às jeremiadas ou lamentações de fracassado. Por pudor, muitas vezes temos que ocultar nossas íntimas mazelas, e quando somos compelidos a expressá-las, colocamos nelas um disfarce, que regularmente é a ironia.

Esta é a razão pela qual os romances que escrevi naqueles meses de amargura nasceram, cresceram e acabaram impregnados de certa mordacidade picante. Minha derrota foi dupla, pois havia perdido economicamente também; minhas economias de dez anos consecutivos de trabalho esfumaram-se e, sem ideais, em pleno desencanto, tive que enfrentar a mim mesmo e cumprir com um dever imediato e inarredável: a manutenção de minha família.

Aquele que embarca em uma aventura atém-se às suas consequências, a menos que seja tolo ou idiota. Eu havia sofrido fomes, miséria e outras penas, mas tudo como incidentes naturais da vida de luta e azar em que quis meter-me; acidentes tão leves que quase não deixaram marca. Até recordo com prazer daqueles pães de cinco centavos e aquelas jarras de leite gelado em El Paso, Texas, como bênçãos do céu, depois de minha travessia pela serra de Jalisco e Zacatecas, comendo carne de vaca assada sem sal, bebendo infusão de grão de bico torrado, adoçada com cozimento de algaroba, depois das tremendas dietas de Chihuahua e as comidas dos chineses, que serviam somente de aperitivo, porque se saía do restaurante com fome maior com que se entrava. El Paso permanece em minha memória como um paraíso de comilanças. Rio-me daqueles que contam seus grandes sofrimentos de desterrados com muitas centenas ou até milhares de dólares, com os quais jamais me atrevi sequer a sonhar. Cheguei a El Paso com dez dólares e fazia minhas despesas diárias com cinquenta centavos.

Mas não foi essa a minha tragédia, e sim aquela que alcançou seu clímax no mesmo dia em que minha família chegou ao México, onde eu a esperava há alguns meses. Minha esposa e oito filhos, o mais velho de doze anos. Foi o glorioso dia em que o sábio economista e ministro da Fazenda de dom Venustiano Carranza salvou pela enésima vez o México, anulando seu papel-moeda e afundando na indigência milhares de pessoas, que ficamos com uns pedaços de papel nas mãos. Pude compreender então, com meridiana clareza, a facilidade com que os indivíduos fracos de vontade ou sem ela privam-se da vida em uma situação semelhante. E me dei conta de uma vez da enorme importância do cultivo do caráter como tesouro insubstituível, nos momentos amargos e críticos de nossa existência. Mas eu tinha então quarenta anos, saúde e otimismo, apesar da minha derrota. Adotei como lema o que havia lido alhures em um livro: querer é poder. E sucedeu que o brutal golpe econômico, longe de quebrantar-me, levantou minhas energias desfalecentes.

Tinham nos alojado em uma parte de uma casa pretensiosa, localizada na última rua de Comonfort, numa das laterais do jardim de Santiago Tlatelolco. Falei com o boticário local, pedindo-lhe uma consulta. Era um sujeito baixo e atarracado, de olhos entorpecidos pelo álcool, falastrão, brigão, bêbado e santo. Morreu na dissipação, e eu sigo bendizendo sua memoria, conservando a lembrança daquele coração de ouro engastado em vil cascalho.

A quanto enfermo acudia em sua botica em busca de médico, dava-lhe meu endereço. Nem um só dia faltou-me em casa comida nem roupa para os meus. Nossa vivenda naquele prédio de faustosa fachada era um refrigerador, onde jamais chegava o sol. Eu saía a queimar-me a pele na alameda e sentava-me em um dos bancos com um caderno de notas e um lápis, permanentemente atento ao que entrasse em minha casa. Quando revisto essas lembranças, que o instinto de conservação misturou profundamente na subconsciência — ao aflorar novamente à superfície — adquirem uma vida tão intensa, como se acabassem de ocorrer.

Duros dias aqueles, para os quais vivíamos agarrados às nossas próprias forças. Foi um tempo em que o carrancismo vitorioso havia levado o povo à miséria extrema. Políticos rapaces e militares corrompidos inventaram algo diabólico, que até nossos dias é fonte de enriquecimento diário para pessoas ordinárias e parasitas: apoderar-se dos artigos de primeira necessidade e dos meios de transporte para fixar-lhes o preço mais alto no mercado. Todos vimos como ladrões da véspera convertiam-se no dia seguinte em donos de automóveis, proprietários de suntuosas residências, acionistas das mais prósperas negociações, tudo como fruto da miséria e da fome das classes trabalhadoras. Quão estranho havia de parecer-me então que, quando apontei aquelas mazelas, marcassem-me com o ferro quente de "reacionário"! Os ladrões e os assassinos não puderam encontrar defesa melhor que essa palavra vazia.

Minha incipiente clientela deixava-me longas horas livres, e eu me entregava à composição dos novos livros: três pequenas novelas que integram um volume: *Las moscas, Domitilo quiere ser diputado* e *De cómo al fin lloró Juan Pablo*. A outra novela foi *Las tribulaciones de uma família decente*.

Um dos quadros mais pitorescos e dolosamente cômicos que todo mundo pode observar naqueles dias, em que as facções revolucionárias entravam e saíam dos povoados, deixando seus habitantes em um estado de inquietação e angústia, foi o das caravanas de burocratas, com seus familiares atrás das tropas. Cada qual se juntava à facção da qual esperava o triunfo, pretendendo fazer méritos, uns para conservar o posto e outros para ganhar um mais alto. Havia muitos que seguiam o cortejo por contágio, e nem estes nem aqueles vacilavam em levar seus familiares consigo, com mulheres, crianças, velhos e enfermos. Os que nunca havíamos vivido dos benefícios do governo sentíamos invencível repugnância por aquele espetáculo, que nos parecia de abjeção e miséria.

Como diretor de instrução pública em Guadalajara, tive sobrantes ocasiões de conhecer bem de perto a burocracia em seu aspecto mais turbulento. Depois convivi com a agremiação em seus mesmos alojamentos, nos mesmos trens e em toda espécie de paragens. Pude observá-la à saciedade em suas pequenas intrigas, suas minúsculas ambições e, a não poucos, em uma voracidade asquerosa. Agora, em que são passados muitos anos e releio algumas páginas de *Las moscas*, compreendo que fui impiedoso e cruel na pintura dessa agremiação. Porque se para todo mundo os revolucionários constituíam uma ameaça constante, para os infelizes burocratas significavam algo de vida ou morte. Ao vaivém das facções que entravam e saíam das cidades, entravam e saíam os empregados, ocorrendo muitas vezes que pobres velhos probos e competentes foram substituídos por amigos, parentes ou recomendados, gente ignara em geral, somente pelo gosto e satisfação dos chefes em distribuir favores e dar mostras de seu poder.

Aqueles desventurados andavam, portanto, às tontas; iam, vinham e voltavam ao mesmo lugar, presumindo e adivinhando onde havia de estar a torta. As moscas!

Os julgávamos como gente oportunista, versátil e indigna de piedade, sem pensar que sua agitação obedecia a uma causa. E que causa!: comer, viver. Porque antes de ter ideias, é absolutamente indispensável ter estômago e nutrir-se. O empregado fora de sua cadeira de trabalho perece, ou sua vida encaminha-se para a aventura ou reduz-se à miséria. Converte-se com frequência em farrapo social, que é algo pior que a morte. Mas naqueles dias, em que nossos pensamentos e nossas preocupações mais íntimas distavam um abismo das estritas necessidades fisiológicas, passava inadvertido ante nossos olhos absortos o significado trágico daquelas turbas tão injustamente tratadas e muitas vezes humilhadas. O sacrifício a que se viam submetidas era maior que o dos soldados: como eles, iam expondo sua saúde e sua vida, sem desfrutar jamais de pagas e honras; sofrendo as mesmas penalidades e recolhendo as migalhas que lhes deixavam.

— A "vaciada" nesse vagão — dizia o coronel Medina, irmão do governador, assinalando jaulas de reses, sequer varridas, à dolente caravana.

Em sua gíria, denominava-se "vaciada" aos cavalos velhos ou doentes e as mulas que vão com a carga.

A urgência em cuidar e defender o osso dotou-os de uma agilidade de equilibristas na corda bamba. Vem-me à memória uma lembrança a propósito. Há poucos dias de ter sido encarregado do ramo de ensino, veio a mim uma comissão de professores de ensino primário para oferecer-me um banquete. Eu os conhecia tanto quanto eles a mim (perguntaram meu nome na antessala para fazer-me o convite). Não acostumado nem de longe com os protocolos da burocracia, aquilo me pareceu não só ridículo, mas injurioso. Respondi-lhes em um tom que agora me arrependo sinceramente: "Aceito com gosto o convite e o agradeço, mas lhes suplico que protelem o banquete para mais tarde." "O dia que o senhor quiser, senhor diretor." "Pois então, no dia em que tiver deixado de ser o senhor diretor."

Mais tarde, com uma visão menos injusta e com maior compreensão dos homens e dos acontecimentos, dei-me conta de meu grave erro. Sim, porque percebi a diferença enorme entre eles e os verdadeiros aproveitadores da Revolução, a forma cínica e escandalosa que estes empregavam para crescer com ela. Com todos os defeitos que se possam achacar o empregado da administração pública desse tempo, ele tem uma justificativa que o salva: lutava em competência desigual e impiedosa, e só o fazia para conservar seu trabalho, que era o seu pão e o de seus filhos.

Las moscas não alcança nem cem páginas no tamanho regular de um romance. Para completar o volume, tive que agregar a ela outros dois pequenos trabalhos. A um, intitulei *Domitilo quiere ser diputado*. Foi-me sugerido ao observar a facilidade prodigiosa com que os que tinham sido jurados inimigos da Revolução juntavam-se às suas fileiras, quando já não representava perigo algum para suas sagradas pessoas, quando podiam tirar grande partido dela apenas mudando de jaqueta. Sua falta de pudor, sua inaudita desfaçatez nesses dias, não foi mais que o prelúdio do que vimos depois: constituído de maneira firme o governo emanado da Revolução, têm sido eles os que sabem aproveitar-se das melhores sinecuras e os que se enriquecem pelos procedimentos mais imorais.

Completei o volume com uma narrativa — homenagem póstuma a Leocadio Parra, um dos generais das forças de Julián Medina —, que me atraiu por seu valor sem fanfarronices, por sua generosidade sem reservas e pela sua permanente alegria. Conheci-o em Guadalajara: rancheiro, como seus companheiros, era o tipo antagônico do militar: só sabia obedecer na luta e nela sempre foi o número um. Por essa qualidade, desfrutava de maior prestígio que o do próprio Medina. Vindo do México com o grosso das tropas comandadas por Lucio Blanco, mercê do desconhecimento da chefia de dom Venustiano Carranza pela Convenção de Aguascalientes, cometeu, em estado de embriaguez, uma falta grave, e seu ato de insubordinação valeu-lhe um sumário conselho de guerra. A palavra cálida do poeta jasliscience José Bezerra, seu companheiro e amigo íntimo, salvou-o nessa ocasião de ser passado pelas armas. Muito tempo depois, quando derrotado o villismo no Norte e reconhecido o carrancismo oficialmente pelos Estados Unidos, o general Medina rendeu-se ao sul de Jalisco, e os chefes principais foram convidados a somarem-se às fileiras carrancistas. Leocadio Parra incorreu no erro fatal ao aceitar a proposta e, poucos meses depois, o carrancismo teve uma boa oportunidade para eliminá-lo com outros de seus companheiros. Em uma conversa de cantina, escaparam-lhes algumas frases inconvenientes para seus novos chefes, acusaram-lhes de sedição, formou-se-lhes um rápido conselho de guerra e foram fuzilados.

Antes de publicar em meu novo livro esse relato, que intitulei *De cómo al fin lloró Juan Pablo*, já havia sido impresso em uma revista hispânica dos Estados Unidos por necessidade de dinheiro.

Seria torpe negar que, nesses breves trabalhos, pus toda minha paixão, amargura e ressentimento de derrotado. Não só me afligia minha dura situação econômica, mas a derrota total do meu quixotismo: a exploração da classe humilde seguia como dantes, e somente os capatazes haviam mudado.

Aprendi com os sacrifícios com que logrei editar esse novo livro uma lição cruel: o escritor que se mete a editor sem os dotes de bom comerciante, refém de sua própria obra, vai direto ao fracasso. Pareceria que, ao pôr o ponto final em um livro, tudo estaria feito; na realidade, para o autor pouco ou nada conhecido, é então que começa a verdadeira luta. Os editores recebem-no friamente, tratam-no com desdém ou com aberta hostilidade, como quem se prepara para receber uma cutilada. Depois vem — se se teve a boa sorte de ver-se editado — o silêncio asfixiante da crítica, que não se digna a ocupar-se de um desconhecido, e, se por casualidade consagra-lhe uma ou duas linhas, o faz com o clichê destinado a todas as obras que não se leem.

Antes da Revolução, havia escrito meus livrinhos por mero passatempo. Nos pequenos povoados, as horas de recreação geralmente reduzem-se à conversa no bilhar, na cantina, ou matam-se soporosamente numa igreja. A fofoca rasteira é seu alimento. Isso não quadrava nem com meu caráter nem com minha maneira de viver. Então minhas inclinações pelo romance adquiriram um objetivo concreto: retratar pessoas e ambientes, como meio de evasão em minhas horas livres, em um mundo de reconstruções forjado ao meu capricho. Depois, imprimir o livro não era problema algum. Custava o mesmo comprar-me alguns bons trajes ou uma parelha de mulas.

Agora, tudo era diferente: não me podia permitir luxo de espécie alguma, e a manutenção dos meus obrigava-me a buscar resultados pecuniários em todos os meus esforços. Abri melhor os olhos para deixar de lado as ingenuidades próprias do escritor iniciante, sem urgências de nenhuma espécie. Recordo uma das que mais desencanto nos dão. Raro é aquele que não incorre na tolice de enviar seus primeiros livros aos próceres da pena ou coloca-os à venda nas livrarias. E mais raro será o que não tenha encontrado algum de seus exemplares, com a mais respeitosa e galante dedicatória, em algum sebo. Os que vão às livrarias servem de alimento às traças quando ocupam algum espaço no depósito, sem ter alcançado um só dia de gloria nas estantes iluminadas. Dou um caso concreto. O romance *Os de baixo* esteve em uma das melhores livrarias desta capital por cinco anos. Quando, por um capricho da sorte, a imprensa começou a ocupar-se dele, havia vendido cinco exemplares. Hoje, quando compreendo melhor as coisas, quisera encontrar esses cinco valentes para dar-lhes um abraço por haverem comprado um livro de um autor desconhecido. Seguia escrevendo, pois, *Las tribulaciones de uma família decente*, esquecendo-me por um tempo do futuro do meu livro, e cedendo à vontade de preencher as horas ociosas. Nada melhor que um bom sonho para tornar suportável os maus tempos, e escrever é quase sonhar.

Sobrava-me material para meus romances. Se algo me surpreendeu sobremaneira naquele tempo foi que, havendo tanto para contar e sendo numerosos os escritores que tomaram parte ativa na Revolução, tão poucos livros tivessem sido publicados. Os acontecimentos eram de uma riqueza fabulosa, e a real dificuldade consistia somente em escolher um bom tema. Escolhi um, demasiado humano, em que o trágico e o cômico integravam-se em uma totalidade.

Recordei-me daqueles dias críticos em que os federais, que pouco antes haviam passado rumo ao Norte, ufanos, orgulhosos e fazendo fanfarronadas, satisfeitos e insolentes, falando com desprezo do inimigo que iam aniquilar, regressavam mudos, cabisbaixos e encolhidos como cachorros surrados, em pequenos grupos dispersos. Todo mundo adivinhou o desastre huertista que a imprensa empenhava-se em ocultar. O povo realizava uma proeza, reprimindo seu regozijo, e o pânico desfigurava o rosto dos simpatizantes. Começou a projetar-se então, com cores sombrias, o furacão desencadeado a partir do Norte pelas hostes vencedoras de Chihuahua, Durango e Zacatecas. Um rumor de despojos e assassinatos aterrorizou os plutocratas. O caciquismo insolente por seu poder, farto de vinganças, havia alienado em absoluto a vontade das classes trabalhadoras. A briga entre patrão e empregado, quase extinta depois de uma longa etapa de paz, em que por mútuas concessões e aliviada em muitas partes por um trato humanitário e até cordial entre uns e outros, fato muito comum em muitas comarcas de nosso país, havia renascido pujante e vigorosa, e o ressentimento acumulado por tantos anos de humilhação e surdamente contida em um estado de resistência meramente passiva, estalava implacável. A gente rica, com seu fino olfato, pressentiu os tremendos excessos aos quais o povo podia chegar, ao sentir-se livre de suas peias. Temendo a revanche, começou a emigração para cidades onde ninguém ou muito poucos os conheciam. E deram um espetáculo de grande comicidade para a plebe os que, poucos dias antes, insolentes e seguros, apregoavam sua vitória, saindo agora como ratos aturdidos, agregados aos últimos trens militares.

Tinham sobrantes razões: os novos revolucionários não eram da mesma cepa dos numerosos sublevados na ocasião do triunfo de Madero, mansas manadas de peões disfarçados de revolucionários, apresentados por seus amos, conduzidos por eles, e como sempre trabalhando a serviço de interesses alheios. Estes de agora eram rancheiros também, mas levantados em armas por sua própria vontade, arregimentados por chefes de sua mesma categoria; que tampouco sabiam ler nem escrever e falavam a mesma linguagem, inspirando-lhes plena confiança.

Uma nota grotesca naquela confusão de pessoas enlouquecidas pelo terror, que abandonavam o torrão natal, era a de alguns modestíssimos vizinhos de classe média, sublevados com os arregimentados, sem que ninguém lhes desse vela nem enterro. Megalômanos que se sentiam tão pecadores, seguramente como os ricos, e lançavam-se com eles a correr o mesmo perigo. Como não conseguiam passagem, saíam de burro ou a pé pelos caminhos, carregando trouxas, papagaios, galinhas, maceradores de grãos e quanto formava seu capital. Eles mesmos encarregaram-se de castigar sua vaidade, vestindo o sambenito[75] que provocava as gargalhadas dos curiosos.

Essa emigração, que nem os diretamente afetados levavam

---

[75] Espécie de saco de baeta amarela e vermelha que os penitentes usavam, metendo-o pela cabeça, quando caminhavam para a execução nas fogueiras da Inquisição. (N. do T.)

a sério, porque sempre acreditavam que seria passageira e breve, significou o primeiro elo de uma cadeia de penalidades sem fim. Se os primeiros embates das turbas indisciplinadas não tocaram os bens nem as pessoas daqueles que tiveram o valor e a serenidade de manterem-se quietos em suas casas, apoderaram-se, em contrapartida, das propriedades abandonadas, destruindo-as. Para aqueles emigrados voluntários, acabou por enegrecer o céu ao interromperem-se as comunicações, assim que se rompeu a poderosa e triunfante Divisão do Norte com as hostes fiéis a dom Venustiano Carranza. Depois da Convenção de Aguascalientes, irrompidas as hostilidades, a luta recrudesceu na forma sangrenta e encarniçada que assolou o país. Vias férreas, estradas e demais meios de comunicação foram ocupados pelas facções em luta, e com isso os ausentes começaram a sentir os estragos da penúria. Abandonaram as residências de luxo, os hotéis de categoria e, baixando de degrau em degrau, vieram a habitar tugúrios tão humildes, que mesmo seus dependentes haviam desdenhado. Eles, enriquecidos com o trabalho dos pobres, souberam agora o que era a verdadeira pobreza. Contudo, uma esperança seguia iluminando-os naquela longa tormenta: em suas conversações, em suas cartas, os nomes de Félix Díaz, de Victoriano Huerta e de Pascual Orozco permaneciam como bandeira. Candorosamente, acreditavam que se a administração maderista, integrada por gente de ordem, moralidade e decência — agora tinham que arrancar do fundo da alma essa confissão — havia sido derrubada com tanta facilidade, muito mais facilmente seria a nova, que não era administração, mas um inferno desconjuntado de ambiciosos. Por conseguinte, alentava-os a firme convicção de que a divisão dos revolucionários acabaria por devorá-los. Com essa esperança, morreu a maioria, e ainda vivem uns tantos iludidos, sonhando que seus netos recuperariam o que a Revolução lhes arrebatou.

Mas se a derrota de 1913, cujos efeitos não se terminaram

de realizar até esta data, foi funesta para a grande maioria da plutocracia, por seu apoucamento, por seu servilismo com os vencedores, por seu despreparo para o trabalho e sua total impotência para a luta, houve muitos que encontraram na Revolução sua fibra de homens. Com visão acertada dos acontecimentos e suas consequências, com capacidade para renovar-se, reconstruindo sua própria personalidade, entraram bravamente na refrega, e se um ou outro sucumbiu na luta, a maioria não só saiu ilesa dela, mas engrandecida por seu feliz descobrimento. Poucos são os que não tiveram ocasião de ver arregimentadas personagens do porfirismo, mais tarde arruinados, desempenhando as tarefas mais humildes, ascendendo degrau em degrau até chegar a postos mui decorosos, ganhados por seus próprios méritos, convertidos em homens úteis a suas famílias, à sociedade e ao país, fazendo abrupto contraste com uma turba de ganha-pães, novos-ricos que se convertiam repentinamente em magnatas, donos das fontes de poder e do dinheiro pelos meios mais vis, com a marca no rosto dessa voracidade insaciável que é seu próprio castigo.

Protótipo daqueles ricos convertidos e regenerados pelo trabalho, é Procópio, protagonista de *Las tribulaciones de uma família decente*. Estudei nessa novela esse meio repleto de sugestões, antecedente à aprendizagem, em minha própria carne, de que a dor é a fonte mais fecunda de nossas nobres atividades na vida e de que nada nos dá mais ricas lições que ela.

Tema inesgotável, tão velho como o mundo. O sofrimento modelador de caracteres, degrau por onde se chega à visão mais generosa dos homens e da vida. Quantos de minha geração devemos a tranquilidade de nossos últimos dias às lições aprendidas naquelas duras lutas! Creio que o erro mais crasso de alguns velhos revolucionários consiste em assassinar o melhor que havia neles, em esquecer sua origem humilde, seus hábitos morigerados pela pobreza e muitas vezes pela miséria, e deixar-se seduzir pela miragem do poder e do dinheiro. Os que propalam como doutrina de salvação para nosso povo a criação de necessidades que ele não tem, causam mais dano que todas as revoluções juntas. Não são tipos dessa espécie os chamados a resolver os gravíssimos problemas da hora. Seguramente, nossos males automaticamente desapareceriam sem pranto nem sangue se os homens nos contentássemos com uma vida simples, sem complicações nem esbanjamentos. Sempre acreditei, desde que adquiri razão, que enquanto houver um ser humano que esteja desnudo ou tenha fome, o homem que esbanja é um ladrão. O efeito do sofrimento é cruel e avassalador com frequência, mas jamais irreparável se inspira um feixe de energia para alimentar e reviver forças adormecidas e insuspeitas. Talvez não renasça um homem novo, mas o que sabe aproveitar essa lição, quando menos, alcançará sua plenitude.

Com tal estado de ânimo, pus-me a escrever este romance que, ainda que fundado em acontecimentos extremamente dolorosos, acabaria transbordante de esperanças e otimismos. Se pus paixão em suas páginas, nunca mentira nem dolo, como foi sempre o meu lema. Podem acusar-me de tudo, menos de haver deformado a verdade. Meus testemunhos são a imprensa diária, de onde é fácil desentranhá-la. Representar com fidelidade o meio e o momento em que tenho vivido foi um dos propósitos fundamentais da maior parte de minhas novelas: que em umas duas centenas de páginas encontre-se o que só se obteria afundando-se em um mar de papel impresso, desde a folha solta anônima até o folheto ou livro bem documentado. Cópia fiel do estado de ânimo e da amargura daqueles dias é a página que leio em seguida.

Mas meu rancor é contra os homens, e não contra a ideia, os homens que tudo os corrompe. Os excessos da gente da Revolução não justificam os do porfirismo. Na boca do protagonista do romance, ponho estas palavras que traduzem meus pensamentos:

....

Terminado este livro, adveio em seguida o problema de sua publicação, levando-se em conta meu fracasso como editor de minhas próprias obras. Sem amizades nem relações na capital, lembrei-me do respeitável diretor de um diário de província, que tinha sido meu amigo antes da Revolução. Vicente Villasana foi um modesto empregado dos telégrafos federais em seus anos de mocidade; cultivava com grande entusiasmo a literatura, fundou em Lagos uma pequena revista, "Alma joven", e nos fizemos amigos por afinidades eletivas. A Revolução revelou nele um hábil jornalista e um magnífico financista. Em seu importante diário, "El Mundo", de Tampico, ele havia reproduzido *Os de baixo*, pouco tempo depois de sua aparição em "El Paso del Norte", de El Paso, Texas. Confiado, escrevi-lhe, enviando-lhe o original de *Las tribulaciones de uma família decente*. Passaram cerca de dois anos sem que eu houvesse recebido resposta nem a devolução de meu trabalho. Mas nessa época minha situação econômica já havia mudado, exercia minha profissão e podia viver com desafogo. Um dia, surpreendeu-me a chegada de uma enorme caixa, contendo quinhentos exemplares de tiragem de meu romance, que havia sido publicado em folhetim no "El Mundo", sem mais explicações do caso. Ainda que eu não tenha dado maior importância ao acontecimento, acabei de firmar minha convicção de que, no México, salvo contadíssimas exceções, ninguém pode viver exclusivamente de sua pena. Desde então, produzem-me grande hilaridade alguns ingênuos que, enfaticamente, contam que seus livros fazem-nos ganhar milhares de pesos. A imprensa não concedeu uma linha sequer ao meu livro, como era de presumir. Reeditado por Botas, foi o de maior venda depois de *Os de baixo* e *Mala yerba*.

Com esta obrinha, encerrei o ciclo de meus romances da Revolução. Os que escrevi posteriormente quase sempre pretenderam refletir o estado social posterior ao movimento renovador, mas já com espírito diferente, porquanto me senti totalmente curado de meu ressentimento pessoal e da hipersensibilidade em que me deixou aquele desastre. Fui revolucionário e não me arrependo. Minha rebeldia é congênita e, por conseguinte, incurável. Agrada-me ao extremo esta frase de Franz Werfel: "O que se declara satisfeito porque seu partido chega ao poder, e contenta-se com arrastar-se diante dos princípios abstratos de seu partido ou de sua classe, é um arrivista interesseiro, mas não um revolucionário."

Quando, nos primórdios da Revolução, assinalei com absoluta claridade e energia a aparição de uma nova classe de ricos, os vira-latas que recolhem as migalhas da mesa ladraram-me, atribuindo-me e pecha de reacionário. Minha culpa, se culpa pode chamar-se, consiste em ter sabido ver, entre os primeiros, o que agora todo mundo está vendo, e de tê-lo dito com minha franqueza habitual, como consta em meus romances de então.

Acusam-me de não haver entendido a Revolução; vi as árvores, mas não vi a floresta. Com efeito, nunca pude glorificar patifes nem enaltecer velhacarias. Invejo e admiro aos que viram a floresta e não as árvores, porque essa visão é muito vantajosa economicamente.

E é o momento oportuno para deixar bem claro um fato: se tive que sofrer diretamente o golpe da Revolução, foi como sofremos a grande maioria dos mexicanos. Não tive ressentimento pessoal nem com ninguém. Pude escrever o quanto quis sem que nenhum dos governos da Revolução jamais tenha me molestado. Faz vinte e cinco anos que ocupo um posto médico da Beneficência Pública, hoje Assistência Social, sem que me tenham causado o menor constrangimento, por mais agressivos que tenham sido meus escritos. Longe disso, hoje desfruto da mais subida honra que me conferiram em minha vida de escritor: sou membro fundador do Colégio Nacional, cujo lema outorga-me as garantias para seguir proclamando, sem coação: "Liberdade pelo Saber".

***

O QUE NOS DIZ AZUELA DE *OS DE BAIXO*[76]

A sociologia em pantufas, camisola, aquecedor, etc., fazia-nos rir. Na serra, não é fácil lembrar-se de que os sábios de gabinete possuem ricos jogos de lentes e tempo de sobra para ajustar e focar; de que são eles os únicos que, com uma boa digestão e um melhor dormir, podem dar-se ao luxo da grandeza de alma e perspicácia mental necessárias para apartar do campo microscópico o emaranhado de crimes, lágrimas, sangue, dor e desolação, e contemplar em toda sua pureza o mármore da Revolução, emergindo triunfal do brejal onde o afundaram os matricidas. Os que assistimos ao final da luta — irmãos de espírito arrojados uns contra os outros em carnificina, desorientação e demência —, os que a vivemos, decantando todo o veneno que verteram nela os de cima, em suas ânsias de apoderar-se do butim, não. A imagem da Revolução, para muitos milhares de revolucionários, tinha que sair vermelha de dor, negra de ódio. Saíamos com os fragmentos da alma que nos deixaram os assassinos. E como havíamos de curar nosso grande desencanto, já velhos e mutilados do espírito? Fomos muitos milhares e para esses milhares *Os de baixo*, romance da Revolução, será obra de verdade, posto que essa foi nossa verdade.

---

[76] Texto aparecido no *El Universal Ilustrado*, tomo X, n° 540, México, 16 de setembro de 1927.

MARIANO AZUELA, VIDA E OBRA

Mariano Azuela, médico e romancista, nasceu em Lagos de Moreno (1873) e faleceu na cidade do México (1952). Com o romance *Los de abajo* (1915) e um conjunto amplo e diversificado de obras, que vão da novela, teatro até à crítica, é considerado o maior expoente do chamado "Romance da Revolução Mexicana".

Estudou medicina em Guadalajara, Jalisco. Após a queda do governo de Francisco I. Madero, na sequência do golpe de Victoriano Huerta, juntou-se à causa Constitucionalista, que procurou restaurar o estado de direito. Seu envolvimento no conflito deu amplo material para escrever *Os de baixo*, impressionante afresco dos sísmicos tremores que sacudiram a sociedade mexicana na primeira parte do século XX.

Em *Fracasados* (1908) e *Mala yerba* (1909), Azuela retratou a tensão social que precedeu a eclosão da luta armada. Com sua clareza para apresentar fatos, o tom inegável de crítica social e oposição à ditadura de Huerta, *Os de baixo* inaugura um estilo novo — em sintonia com a luta armada na qual se destacam quadros rápidos, violentos, realistas, em que predominam o caos, a cólera e o afã de vingança — de um gênero cuja prática estendeu-se até o século XX, com títulos como *Pedro Páramo* (Juan Rulfo) e *A morte de Artemio Cruz* (Carlos Fuentes).

Pelo seu intenso apelo como depoimento, *Os de baixo* foi traduzido para várias línguas.

Depois da publicação de *Os de baixo*, Azuela avançou em seu estudo da vida mexicana nas áreas rurais e urbanas, meios agrícolas e família política. As obras desse período são amargas e nunca estão livres de uma ironia cruel. A esse período pertencem as novelas *Os caciques* (1917), *As moscas* (1918), *As tri-*

bulações de uma família decente (1918), *Nova burguesia* (1941), *A marchanta* (1944), *A mulher domada* (1946) e *A maldição* (1955).

Sua filiação maderista levou-o a ser nomeado chefe político de Lagos, cargo ao qual, todavia, renunciou, desiludido com a "nova política".

Com a morte de Madero e perseguido por seus inimigos políticos, Azuela incorporou-se às forças villistas de Julián Medina. De suas experiências como militar e do que contemplou no campo de batalha surgirá o tema para *Os de baixo*, publicado primeiro em folhetim no Texas.

Após a derrota do legendário Francisco "Pancho" Villa, como ficou conhecido Doroteo Arango, Azuela refugiou-se em El Paso, Texas. Em 1916, já afastado da política, regressa à cidade do México para exercer a medicina e escrever mais disciplinadamente. Atendendo numa casa beneficente da colônia de Peralvillo, dedicou-se a observar o meio que o rodeava, colhendo anotações que utilizaria em várias de suas novelas.

Escritor visceralmente comprometido com "a verdade", sobre si mesmo escreveu: "Em meus romances exibo virtudes e vícios sem paliativos nem exaltações, e sem outra intenção que a de dar com maior fidelidade possível uma imagem fiel de nosso povo e do que somos".

LETRASELVAGEM (2007-2019)
"AUTORES E LIVROS NUTRIDOS DA BOA RAIZ"
Obras que integram o catálogo:

Coleção *Gente Pobre*: (narrativa):
INVENÇÃO DE ONIRA, Sant'Ana Pereira. A MULHER, O HOMEM E O CÃO, Nicodemos Sena. DEUS DE CAIM, Ricardo Guilherme Dicke. O SAL DA TERRA, Caio Porfírio Carneiro. GENTE POBRE, Fiodor Dostoievski. A MALDIÇÃO DE ONDINA, António Cabrita. SELVA TRÁGICA, Hernâni Donato. DIÁRIO DE UM MÉDICO LOUCO, Edson Amâncio. OS VENTOS GEMEDORES, Cyro de Mattos. O FEROZ CÍRCULO DO HOMEM, Carlos Nejar. POEIRA E ESCURIDÃO, João Batista de Andrade. O TRIBUNAL, Álvaro Alves de Faria. OS VIRA-LATAS DA MADRUGADA, Adelto Gonçalves. SOMBRAS SOBRE A TERRA, Francisco Espínola. O LIVRO DOS SUICIDAS, Leonardo Garet. OS DE BAIXO, Mariano Azuela. Próximos lançamentos: CAVALOS SELVAGENS, Silas Corrêa Leite. HUASIPUNGO, Jorge Icaza. HORIZONTE DE ESPANTOS, Ronaldo Cagiano. O PÁSSARO DA ESCURIDÃO, Eugênia Sereno

Coleção *Sentimento do Mundo* (poesia):
TRATADO DOS ANJOS AFOGADOS, Marcelo Ariel. O HOMEM DESERTO SOB O SOL, Edivaldo de Jesus Teixeira. ANIMA ANIMALIS - VOZ DE BICHOS BRASILEIROS, Olga Savary. REFÚGIOS DO TEMPO, Francisco Moura Campos. LADRÕES NOS CELEIROS: AVANTE, COMPANHEIROS!, Nicodemos Sena. Próximos lançamentos: A INESPERADA MÚSICA SUBTERRÂNEA, Edivaldo de Jesus Teixeira. O TAMBOR SUBTERRÂNEO, Erorci Santana. CANTO DE MAREAR, Luís Avelima

Coleção *Boca de Luar* (crônica, documento, reportagem):
UMA GARÇA NO ASFALTO, Clauder Arcanjo. CHORO POR TI, BELTERRA, Nicodemos Sena

Coleção *À Margem da História* (ensaio):
PEREGRINAÇÕES AMAZÔNICAS, Fábio Lucas. ESCRITORES BRASILEIROS DO SÉCULO XX, Nelly Novaes Coelho. RAINHAS DA ANTIGUIDADE, Dirce Lorimier Fernandes. Próximo lançamento: DEFENSORES DE MAOMÉ, Dirce Lorimier Fernandes.

Coleção *Sabedoria* (pensamento, escritura, filosofia):
K - O ESCURO DA SEMENTE, Vicente Franz Cecim. Próximos lançamentos: EU VIVO SÓ TERNURAS, Nelson Hoffman. O EVANGELHO SEGUNDO O VENTO, Carlos Nejar

Coleção *Moronguetá* (lendas, mitos e fábulas):
LENDAS E FÁBULAS DO BRASIL, Ruth Guimarães

Este livro foi impresso em Janson Text, corpo 11 por 14, e impresso sobre papel Lux Cream 70 g/m2, pela Gráfica EME, Av. Brig. Faria Lima, 1080, V. Fátima, Capivari, Estado de São Paulo, Brasil, para a Associação Cultural LetraSelvagem, em agosto de 2019.